閉ざされた庭

YokO
HagiwaRa

JN097603

萩原葉子

P+D
BOOKS
小学館

目次

第一章

1

雨戸を開けると、庭は雨のしぶきで白い靄《もや》がたちこめ、樹木の葉先は重く垂れ下がっていた。夜半、警戒警報が発令された頃から、降り始めた雨である。明方から勢いを増し、やむ気配もなかった。

サーチ・ライトの強い閃光が上空に弧を画《えが》いた。いよいよアメリカのB29機が来襲し、爆弾を落されるのではないか。嫩《ふたば》は怯えながら、まだ明けやらない雨の庭を見つめていた。この庭を眺めるのも今朝が見納めとなるのだと嫩は万感の思いを籠めたまま、立ちつくした。嫩は、今日を境に過去から脱出し、新しい出発点に向かってゆく心づもりだ。太いポプラの樹の向うに高く聳える高圧線の鉄塔や、その横のブランコにも別れを告げていた。

枕元には紺木綿の大きめの風呂敷包みが用意されていた。嫩が、父親のない赤ん坊を産む覚悟で家を出た時に用意した、風呂敷であった。新しい風呂敷は買えなかったのだ。包みの中に入っている白いワンピースを着て、今日、嫩は結婚の式を挙げる予定になっていた。今日の結婚式を迎えるまでの逡巡の波は、今朝になってもまだ揺れつづけるものがあった。

嫩は、去りがたい思いと、家を出られることの喜びとの交わる気持を覚えた。

嫩の父親の弟、与四郎が、長廊下の雨戸を繰り出す音が、強い雨足の音と競うように辺りに広がった。早起きの与四郎は暗いうちに起き出し、防空壕の中のものを点検する習慣だった。

一度は死んだも同然の嫩である。しかし今日を境に生れ変わるのだと決意をまた新たにした。この家での嫩の暗い過去を振り切るように、嫩は昨夜穿《は》いて寝たモンペを、昼間用のモンペに替え、櫛で髪を梳《と》かすと風呂敷包みをもう一度しらべた。

父洋之介の白装束の残布で嫩が縫ったワンピースが、きちんと畳まれていた。髪に飾るベールも花飾りもない。たった一枚の洋服であるが、嫩の心にはそれが似合っていた。花嫁らしく飾りたてる気持はなかった。堕胎罪を怖れる祖母に強制され、闇の産院で過失の子を産んだ、暗い過去を背負う嫩である。その嬰児も、産声をあげることなく、命を終えた。

雨合羽を着た与四郎が庭先の防空壕へ駆けて行くのが、見えた。今朝は取っておきのさつま芋をみそ汁の実に入れてくれる。叔父の与四郎は、一日の割り当て量を天秤衡《てんびんばかり》の皿に乗せながら、ほんの少しでも分量が超えると、几帳面にとり除く。さつま芋は闇で買い入れた与四郎の持ち分なのだ。与四郎が数週間前に、嫩の妹の朋子を相談なしに施設に送り込んだあとは、嫩と二人だけが家に残っていた。配給物も生活費もすべて、与四郎とは別々の経費で暮していた。

嫩は、B学院の在学中に洋裁を習ったが仕事がもらえず、学生時代家人にかくれて通った英文タイプを生かし、T大の航空研究所へタイピストとして勤務していた。

「さあ、今朝はわたしのおごりだ」と、雨の中を防空壕から駆け足で家に戻った与四郎は、機嫌のよい声を出した。顔はどこか兄の洋之介に似ていても、声と仕種はまったくの他人であった。

「米穀通帳はあとで届けてやるよ」

嫩が心配していた米穀通帳を与四郎は何故か渡してくれない。何かの魂胆があるということを嫩は気がつかなかった。世間知らずのお人好しだけが取り柄なのだ。まだ学生であった嫩の無知、無防備につけこみ、黒い嵐のように襲いかかった男によって地獄を見てきたのに、性懲りもなく嫩は人を疑うことを知らない。

今日G県から結婚式に参列するために上京する約束になっていた祖母の勝《かつ》が、生憎《あいにく》の雨と警戒警報で来られないのではないか、という予感が走った。身一つで追い出されて結婚するのであったが母親代わりの祖母も不在の式では、余りに淋しい。勝が出席してくれるように、と嫩は祈った。直接に会場へ着く筈だった。

与四郎と嫩はさつま芋入りのみそ汁椀の汁を飲むだけが一緒で、お櫃《ひつ》のごはんや配給物を煮たおかずは各自別、という奇妙な食事をしながらも、互いに、今日の式を済ませるまでという思いに駆られていた。今日、父親代わりに出席してくれる与四郎は、長く床屋に行かない伸びた五分刈りの頭で、何かを思案した落ち着かない様子で食卓に向かったが、急に立つと背後のカレンダーに、しるしをつけた。祝日の赤い3の字に、黒のクレヨンで枠をつけて塗り潰したので、葬儀の黒枠のようになった。

与四郎の念願の日が、今日、十一月三日の祝日の日であった。式を、明治節の良き日にあやかろうと考えたのは、夫となる古賀和夫だった。古賀はT大航空研究所に勤めるエンジニアで、嫩の先輩だったのである。「ゆっくり帰ってよい」と勝に言われ、遅く帰るために退社時間後も残業を願い、居残りをして時間を潰していたが、そこで知ったのが夫となる古賀だった。仕事熱心な古賀も、終了後残業をしていたのだった。古賀を嫩の結婚相手にと勧めたのは、室長であった。勝は嫩の戸籍を一日も早く抜くため、それまで何人かの見合写真を見せ嫩に結婚を強《し》いてきたが、嫩は写真も見ないで拒否した。過去の疵口《きずぐち》のふさがるまでは結婚などは考えられなかった。しかし古賀の真面目一方な性格は、嫩の気持をほぐすものがあった。室長に勧められているうちに、古賀の生真面目さに頼む思いが湧き、自然に結婚話がまとまった。

洋之介の死の直後に、洋之介の妹麗子の夫、早乙女も急逝した。未亡人となった麗子が家に同居していたが、詩人の三善琢治に懇望されて食糧のあるF県へ行き、そこで結婚した。三善は若く無名の詩人だった頃にもプロポーズしていたのだが、勝に断られたのである。麗子が嫁に行ったのを機に、与四郎に説得されて、勝はG県に疎開した。G県には洋之介の妹の八重子がいた。勝のいなくなった家で、与四郎と二人だけの食事の時間が嫩には苦痛だった。息づまる思いで朝食を食べ終った後、嫩は食器の後始末を終えると飛び出すように家を出、T大航空研究所へ向かった。空き家同様になった家で、与四郎は自分の家族を呼び寄せる準備をしていたのだ。与四郎の家の荷物と家具が一杯に入り込み、洋之介の遺品は片付けられ、生前の雰囲気も面影もなく、嫩の落ち着いていられる場所はなかった。

与四郎は、バリカンで自分の頭を刈り始めた。床屋で刈る代わりに、自分でぐるぐると白髪のまるい頭になめるようにバリカンを当てると、醜く伸びた髪がさっぱりした。不器用な兄とは違い手先の仕事は本職のように出来る器用な人だ。

ラジオが、「B29機帝都に侵入す」と、報道していた。敵機侵入のあの嫌な爆音は初めてではない。昭和十七年の春、洋之介が病いに臥せり勝ちであった時にも、一度東京上空に飛来した。その後は警戒警報は出ても、焼夷弾《しょういだん》を落とすなどの本当の空襲はなかった。今日は爆弾を投下されるのではないかと、嫩は恐れた。庭の雨は刻々にその量が増えてゆき、洋之介の愛した樹木を打ちつづけ、枝ごと折れそうに傷めつけていた。高射砲が一発打ち上げられたのを機に、雨雲を押しのけるほどの連続射撃音が轟いた。身のまわりが狭まるような戦《おのの》きが走り、こんな日に結婚式を行うことの場違いな思いが、いっそう恐怖をつのらせた。

与四郎は、もうリュックを背負っていた。足にはゲートルを巻き、国民服に軍帽を被り、ゴム長靴である。手廻しよく戸締りも済ませてあった。

勝の着古した着物をモンペに縫い直した嫩は、二十三歳なのに年寄りじみた無地の防空服に、綿入れの防空頭巾を背に垂らし、用意の風呂敷包みを背負った。与四郎に急《せ》きたてられ、嫩は家をあとに、黒い洋傘《コウモリ》を広げて歩き出した。雨で、高圧線の強いうなり音が公園の辺りに大きく広がっている。

式場はT県の神社が予定されていた。新宿から国鉄に乗りA駅で乗り換えて二時間余、そこからまた私線で三十分もかかる村の外れまで行く筈だった。新宿へ向かう私鉄で早くも電車が止まり乗客は避難させられていた。その式場を選んだのは、近くに古賀の実家があるためだった。式の準備一切は先方側で整えてくれることになっていた。古賀の両親は、次男の古賀が年頃になっても変り者で結婚もしないし、好き合ったらしい女の噂もないことに心配していたところだったので、嫩との話に諸手を挙げて賛成したのだった。

2

車内放送で下車、草叢に伏した嫩は、背骨の髄まで雨が沁みわたり、寒さに戦いた。B29の通過する爆音が轟々《ごうごう》と雨空に谺《こだま》する。高射砲の轟音が空を貫き、光った機体が頭上から襲って来るように感じられた。与四郎はいち早くどこかに姿を消してしまい、電車が動き出すようになると、のこのことまた出て来た。途中二度も電車を下り、草叢に伏して避難したため、約束の時間にかなり遅れてしまっていた。

捜しあてた神社は雑木林の中にぽつんと建っていた。田舎でよく見かける質素な神社であった。奥の方に人の集まる小さな集会場のようなところがあり、「古賀家・内藤家・御両家式場」と、雨で濡れた小さなワラ半紙が頼りなく風に揺れていた。

「生憎の雨降りでして」と、礼服に着替えて嫩を待っていた古賀の両親や親族達が改まった顔で与四郎に挨拶した。初めて会う古賀の肉親達であった。半年足らずの交際とも言えない淡いつき合いだが、古賀の散髪したのを見たのは初めてである。いつも無精なのかワイシャツの衿は汚れ、アパートの独り暮しを物語る垢臭い臭いのすることもあった。髪のせいか明るい顔に見える古賀に、嫩も明るく挨拶した。この辺はB29の来襲はなかったらしかった。

勝が、果してG県から上野へ着いた足で、乗り換えてこの神社まで来られるのか。娘の八重子が一緒について来る予定だったが、姿はなかった。

「おばあさんは?」

古賀は聞えないほどの小声で、嫩に言った。着くより早く勝を捜していたのは嫩の方だったので、ゲートルを解いている与四郎を見ながら、「やっぱり来られなかったらしいの」と、つぶやいた。

裾に模様の入った訪問着を着た古賀の兄嫁と白いワイシャツに白の蝶ネクタイを結んだ古賀の兄が揃って、「雨降って地固まると言うでしょう。今日はめでたい佳き日です」と、空襲警報のことは言わずに気分を盛り上げようとしている。古賀側の肉親達の多い中で、嫩は圧倒される思いだった。

和夫とは、熱く燃え上ることもなく、周りの情況から何となく結婚する方向に向かってしまう過程で、「真面目な人だ」という思いが、嫩が内心希《のぞ》んでいた気持とぴったり合った。残業でタイプを打っている嫩の部屋に入って来ても、一言も口を利かないまま二時間も英語の原書を読んでいる。嫩がタイプの原稿の字が読めなくて困っている時など、親切に教えてくれた。彼は英語が得意なのである。仕事と読書の他は、同室の少年達が冗談を話しかけても、聞えないのか反応がなかった。嫩は、黒い過去の男を真面目な古賀の姿と重ね、同じ男性でもこんなにも違いがあるのかと、驚嘆した。嫩を勘当せよと、迫る親族に同意せず、死の床で嫩の過失を許した洋之介の亡き後、祖母や麗子達の冷い蔑みの中で、生ける屍《しかばね》として暮していた嫩に、彼によって再出発したい気持が湧いたのも、真面目な人という一点への強い希みのためだった。

嫩は「これを読んで下さい」と、「テス」という小説を古賀に渡した。清純な娘ともいわれる主人公テスが、好色な男にだまされて転落するストーリーで、暗に自分のことを仄《ほの》めかしたのであるが、互いに過去は問わないことにしようと、返してくれたのである。

与四郎は、頻繁に相手側の人に頭を下げていた。商人をしたことがあるので、癖が出たようだった。「ご存じのようにあの娘には両親がいませんでして、今日はわたしが親代わりで一切を引き受けていますので」

古賀家側は、相手の出席者が一人だけということに拍子抜けした顔を、与四郎の説明で合点がいったように、「あなたもご苦労です」と、言っている。

嫩は、雨で濡れた髪を手拭で拭きながら、これから始まる儀式を思った。古賀は知っていても、ここにいる大勢の人の眼をごまかし、穢《けが》れを知らない娘の如くに白い洋服を着る。今日着るウェディングドレスは、洋之介の死装束のわずかな残布で仕立てたものだが、それでもなお、黒服の方がふさわしいと嫩は思う。

「お着物は……この風呂敷包みにあるのですか」

気がつくと、さっきから嫩に問いかけていたのは、美容院を経営している和夫の兄の妻であった。戦争中とはいえ、嫩が振袖ぐらいは着るのだろうと、着付をしてくれるつもりなのだ。だが、薄い風呂敷包みであるし、与四郎のリュックにも入ってる様子はみえないので捜していた。与四郎はさっきから荒っぽい手つきで非常食をたしかめ、出し入れしていた。食べることに病的になっている。

嫩は、風呂敷の結びめを解き、白い洋服一枚だけを、おずおずとさし出した。その軽さと薄さに不審そうな一族の視線が集まっているのを、嫩は感じた。

「これが……」と、驚きをかくして兄嫁は言ったものの、「こんな時代は洋服の方が良いのよ」と、つくろってくれた。

勝が嫩の結婚のために手離してくれたのは、この白生地だけであった。麗子や自分のために買いだめた、手つかずの反物や裏生地が戸棚に堆《うずたか》く積んである中から、人絹の混った白絹を、

「洋之介の白装束を縫った残布で縁起が悪いからやってもよい」と、惜しそうにとり出してくれた。嫩が或る決心をもって受け取り、一念こめて縫いあげたワンピースだった。布の丈がワンピースの着丈分だけで、背後に余る長い裾やベール、フリルの付いた花嫁らしい衣装は縫えなかった。これを着て生まれ変わり、過去を忘れるのだと、わざと地味なスタイルを選び、一本のネックレスも用意しなかった。ベルトだけ裁ち屑をつぎ足して作った。嫩は将来、洋裁で身を立てる決心で、熱心に習っていたのが役立った。

「さあ、あっちでモンペを着替えておいで」

田舎訛《なま》りまるだしの言葉で、古賀の兄嫁が嫩をうながした。嫩は衝立の陰で濡れたモンペを脱ぎながら、いまここに勝や八重子がいたらと思うと、安心の反面恐ろしさが背筋を走った。「いい気なもんさ」と、眴《めくばせ》をするか、冷笑し合うだろう。今日、勝が来なかったのは、かえって良かったのだ。

畳み皺《じわ》のついた人絹の混ったワンピースに着替えた哀れっぽい嫩の姿が、漆塗りの剝げた姿見の鏡に映っている。痩せて影のある頰には、暗い怯えが浮んでいた。たったいま経験したB29機のせいもあったが、それ以上に恐ろしいのは、鏡の中にまで勝や八重子の眼が追って来るような気がしたからだった。

「まあ、良い髪ですこと」

と、鏡の中から女の声が聞え、兄嫁が嫩の髪に櫛を入れて梳かしてくれた。嫩の髪は多く、固くて櫛の歯が折れると、勝に叱られたものだった。強情だから髪がこわいのだとも言われた。アイロンを！　と、和夫の妹の声が向うでしていたが、もう神主が神前に立って榊《さかき》を振り始めていた。

3

畳み皺のついたままの洋服を着た嫩と、背広服を着た古賀が中央の席につき、二人の両側には古賀の兄夫婦が座った。古賀の家族達は礼服を着ているのに、古賀だけ平服にネクタイである。嫩に合わせたのか、それとも持って来なかったのか、主役と脇役が反対であった。与四郎のカーキ色の国民服も場違いで、つまらなそうに別のことを考えている横顔を見せている。自分が中央に座る主役は、嫩には生れて初めてのことだった。家に客の来る時には、いつも仲間から外される習慣が身についていた。洋之介の葬儀の時も、喪主席は嫩の筈であったが、最後部に座らせられ、喪主空席のままにしていた。

全員古賀側の人達の中で、勝や叔母達の居並ぶ席を想像すると、逆に嫩には安堵の思いが更に湧いた。「身のほど知らずにいい気になって……」と、針のように尖った眼で見られなくて済むからだ。

神主の手の榊が、嫩と古賀の頭上にひと振りされると、経のような祝詞が挙った。めでたいと言っている筈なのに、嫩には僧侶の声に聞えるのは、不思議だった。眼をつぶると洋之介の葬儀の場面が、鮮やかに浮かぶ。

「いい気なものネ。喪主で主役のつもりでいるのよ」

「疵ものだということ忘れてネ、ホホホ……」

勝とその娘達の、氷のような言葉がつき刺すように背後から、囁《ささや》かれた。麗子、八重子、正子、徳子等五人の女姉妹が揃っていた。

嫩は泣き腫らした眼で弔問客の礼に応えていた。正面には洋之介の柩《ひつぎ》を安置した祭壇が祀《まつ》られてあった。突然の死に驚き駆けつけた友人、知人、愛読者の人達は、白と黒の幔幕を張った廊下に列を作り、あとを断たなかった。北川白秋、島尾藤村の花籠や詩集を出版した会社からの花が並び、生前の洋之介の仕事の跡がしのばれた。親友の室尾燦星と門弟格の三善琢治が、両脇で顔見知りの弔問客に挨拶している。麗子の夫、早乙女一郎は、座る暇もなく忙しく立ち働いていた。

焼香を終えた客が、喪主の席から外れたところにいる嫩に、洋之介の病状や原因を問う度、「父は私のために早死したのです」と、泣き崩れる感情を保《も》ちこたえるのに、やっとの気持であった。聞かれても返事など出来るものではなかった。

「あの図々しい顔をごらんなさいヨ」

八重子の囁きが、どこまでも追って来るのだった。

「あ奴、この家を乗っ取るつもりなのよ」

「いい気なものネ」

「早く嫁に出してしまわなくては」

弔問客は、女達の囁きが読経に混って聞える不思議な空気に、早々に嫩の前から一礼して去ってゆく。

洋之介の死後、今まで以上に露骨な態度を嫩に見せたのは洋之介の妹達であった。それまでは、時には一度くらい嫩をかばってくれる叔母もあったが、一変して「兄さまを殺したのはふたばよ」と、妹達は揃って言い、虫ケラ同然の軽蔑と無視が更にひどくなった。嫩は、針の筵《むしろ》の家に一日もいたたまれない思いで過していたのだった。

「疵もののくせにネエ……」

八重子の甲高い声が耳の後ろで聞えたようで、嫩は我に返った。神主はまだ祝詞をあげている。雨音がひとしきり強く打ちつける度、祝詞の声を消した。

洋之介への親不孝の償いは、嫩がこの結婚で幸福になることではないのか？　嫩の身を案じたまま死んだ洋之介は、嫩が幸福にならなければ、浮かばれないのではないのか。

嫩は神主に呼ばれていた。三三九度の固めの盃の儀になっていたからだった。

赤い塗りの酒盃が先に古賀の手に持たされ、緊張した古賀が唇につけて飲む恰好をした。三度に分けて注がれる盃を間違わないで飲めるだろうか……。嫩は指が震えてぎこちなく、落しそうになった。「奴さんが嫁にゆく時の顔を見てやりたいわ」と、言った八重子の顔が、嫩の瞼に浮かんだ。美人で評判の叔母は、とりわけ冷たかった。黒く多い髪を島田に結い、切れ長の涼しい眼が嫩を執拗に追いつづけた。

三三九度の盃が無事に終ると、菓子一つ無い番茶だけの披露宴となり、仲人役の古賀の兄が和夫の紹介をしたあと、「花嫁さんのご紹介をします」と、言った。嫩は、息をつめて次の言葉を待った。

「二十三歳の若さで、洋裁と英文タイピストの免状を持ち、花嫁修業もできています。和夫とは仕事の上で結ばれました」

和夫はその時咳払いした。

「内藤洋之介という詩人を父親に持つお嬢さんでして……。ご良家で何不自由なくすくすくと今日まで過されました。会社などに勤める必要もないのに、勤めたのは、女子挺身隊に取られるからでして……」と、つけ加えた。こういう席でのありきたりのきれいごとを述べることに、嫩は耐えられない思いだった。

終って拍手がやむと、与四郎が立った。

「これで父親代わりのわたしも肩の荷が下りました。母親代わりのわたしの母は今日出席の筈でしたが生憎の雨とB29の飛来で、多分途中で引返したのでしょう。残念なことをしました」と、五分刈りの白髪頭を指先で掻く癖をまる出しにして、言った。洋之介の代わりにしては、あまりにも軽々しく、誠意のない虚ろな言葉にすぎなかった。

「古賀家様の御繁栄のために、男の赤ん坊さまを産んで後継ぎを拵《こしら》えて下さい。戦争をしている日本のためにも男子をお産みになって下さい」と、続けて与四郎は言った。こんな時、おかしいほど敬語を使うのは、与四郎の癖だった。嫩が過失を犯した時、急に「嫩ちゃん」と持ち上げたのと同じだった。みえすいているので、嫩はおかしいよりもうろたえた。与四郎の魂胆を見すかされないかと心配だった。

和夫は内藤家の養子に入りたいと希んでいたのに叶えられず、その上、嫩の家にも住まわせてもらえないことに強くこだわっていた。その辺りの事情が、与四郎のおかしな敬語に表われているのを見すかされないだろうか。一銭の持参金もなく、嫁入り仕度もしてくれないばかりか、智恵遅れの妹の朋子だけをよろしく頼むと、勝に言われている。「あなたの家に住むのが夢だ」と、望んでいたのに希望が敢えなく、くつがえされたのを、古賀はくやしがった。古賀家には兄も、妹もいて、それぞれ既に男児をもうけている。「古賀家様の御繁栄」など必要ないのである。内藤家こそ、後継ぎは嫩だけであるのに、籍を抜き、かかわりないものにしようと、勝と与四郎は考え、成功したのだ。古賀は顔を硬《こわば》らせていた。古賀の兄妹夫婦も両親も、古賀から、将来は何れ婿養子、とでも聞かされていたのか、腑《ふ》に落ちないという表情を見せている。

嫩は、外側からみた家の中と現実との違いをここで全部話してしまい、過去を白状したい気持を覚えていた。洋之介の死をめぐる親族達の暗いからくりを、自分一人の胸に畳んでいるのが、支えきれない重さとなって締めつけてくるのだった。

4

「こんな汚ない部屋に住まわせるのですか」古賀は繁った樹木の陰の古ぼけた立看板に、「木馬館」と、浮き出ている文字を見て不機嫌に言った。

新宿から私鉄で一時間の郊外に部屋を用意したのは、嫩であった。古賀との結婚が決まった時に与四郎は、この家はわたしの家だ、嫩は外へ出て行けと言った。嫩は、「あ奴を家から出すために結婚させる」と、聞き飽きるほど祖母や叔母達から言われていたし、暗い思い出のある家には住みたくなかった。狭くてもアパート住まいはむしろ、嬉しかったのだ。

アパートに住むと古賀に話すと、あなたの家に住めないならば結婚をやめたい、とまで言い出した。嫩は困って、不可能と知りながらもG県の勝にその旨手紙を出すと、小さな家ならば借りてやってもよいと返事が来た。戦争のため土地の値段が暴落し、家賃が下ったからだったが、嫩は断わった。嫩を愛するためでなく、一日も早く結婚させ片付けたいための、せっぱ詰まった手段が見えすいていたので、嫩は拗《す》ねていた。勝に冷たくされ通しの嫩だが、母親代りの人として祖母を慕い続け、この場になってもまだ勝の愛が欲しかったのだ。古賀には、あの家は「家相が悪い」と言いつくろい、諦めてもらうように頼んだ。「木馬館」は、勝への拗ねと、与四郎の言いなりになりたくない主張もあって、嫩が自分で捜して契約したのだった。嫩が英文タイピストで働いてためた貯金だけで、まかないたかったので、ここがやっとであった。古賀が契約の前に見せるように言ったのを嫩は断わった。古賀が気に入ってくれる筈もなく、他を捜すことも簡単にはゆかない。

建物はABの二棟に分れていて嫩達の借りたA棟の裏側の奥まった暗いところに大家の家があり、嫩一人で鍵をもらいながら挨拶に行くと、電気を点《つ》けるなと固く言われた。田舎なので少しはうるさくないかと思っていたが、実家の辺りと変りない様子であった。式場から帰る途中、再び警戒警報が発令されたまま解除にならなかった。何となく物ものしくざわついた一日であった。電灯の無い暗い廊下を一歩ずつ手さぐりで伝わり歩きした後、やっと部屋に辿り着いたのだった。雨はまだ勢いを緩めなかった。

「こんな部屋とは知らなかった！」

古賀は、用意した懐中電灯の弱い明りで部屋を照らして見るなり言った。夜目にもささくれ、むき出した畳のへりや、ざらざらと剝げ落ちている壁に不機嫌をぶつけるように、濡れたゲートルを脱いだ。初めて見る部屋に納得がゆかない腹立ちを、和夫は押さえようともしない。嫩のモンペも雨に濡れたままである。雨が滲《し》み込んで冷たく足の指は感覚がなかった。

勝の援助を断わり、人の世話にならないためにはこのアパートで我慢するしかない。ともかくも辿り着いた新しい部屋は、嫩には新鮮であった。新生活に入るに当り、和夫は式場の準備、嫩はアパート捜しと、出費や手間を分けた。和夫の荷物を一旦仮に嫩の家に運び、嫩が一人で何日もかけて自転車にリヤカーを付けて運んだのだった。

こんな時B学院時代に習った自転車が役立った。荷物といっても、和夫の机と椅子、友人のM男に祝いにもらったという卓袱台《ちゃぶだい》、それに本と蒲団類であったし、嫩も足踏みミシンと蒲団や身のまわりの物、洋之介の形見の洋服ダンスと本棚、買ってもらった蓄音器等、洋之介との思い出のある大切な品の他はこれというものは無かった。およその配置で並べておいたのだったが、まるで古道具屋が売れない道具を店先に並べているみたいだった。新品は何一つ無い中でもらった卓袱台だけが光っている。

唯一つ洋之介が若い頃自分でデザインした本棚は、古いながらも気品を持っていた。これだけは娘時代から洋之介にもらっていた大切なものだった。

嫩がおろおろと、気を遣いながら一人で重たい家具を動かしていると、

「与四郎叔父さんですネ。ぼく達をこんなところへ追いやったのは！」と、夫は強い語調で言った。嫩は、自分で捜したと答える代わりにバケツを持って井戸端へ行った。今日からは、家庭の不明朗なからくりや、それにまつわる嫌な過去を振り返りたくないのだった。

今まで来る時はいつも昼間で、部屋のすぐ前が共同流し場で便利だと思っていたが、廊下が暗く手探りで歩いても、どこが入口なのか見当がつかない。懐中電灯の電池を倹約するために、

ロウソクの火を頼りに見ると、足元に炭俵や七輪が置いてあり、引っくり返しそうになりながら、井戸のある場所を捜していると、窓際の闇の中に手押しポンプの柄が白っぽく浮いていた。破れたガラス窓から吹き込む雨や井戸水がスノコを腐らせたのか、破れ目に足を取られて転倒した。冷たい足に感覚が無いので、引き抜くのに手間取り、抜けたと思った拍子に今度は、何かにぶつかった。よく見ると七輪だった。ガスも水道も入っていないのである。主婦達の置き放しにしている七輪や薪、それにバケツやタライにいちいち足をとられるのだった。やっとのことで手押しポンプの柄を持ち上げた拍子に、ガクンと固い音が闇に拡がり、そのままポンプの柄と一緒に手応えなく、前のめりに倒れ込んだ。鉄の柄に指をしたたか敲《たた》かれた。

暫く立ちすくみ、ロウソクの火を上にあげて照らすと、棚の上にもヤカンやバケツが並んでいた。かなりの大世帯であることが分った。水は汲めるはず、と指をこすり、気持を落ち着けもう一度やり直すと、今度はポンプの柄に手応えがあり、無事に水が出てきた。バケツに水を汲んで戻ると、和夫は不機嫌にまだ同じところに突っ立っていた。嫩は急いで畳を拭き、壁も拭いた。何度拭いても水は黒くなり、畳のへりの破れ目から藺草《いぐさ》がぐさぐさと飛び出してくるし、壁土がだらしなく落ちてくる。水を替えに何回ポンプへ通っても、水は澄まなかった。疲労と寒さと空腹で、手がしびれ感覚がなくなっても、まだ和夫は良いと言わない。

「どうしてふたばさんはこんなところで、我慢するんですか?」と、言った。

嫩が返事に詰っていると、

「そんなところ何度拭いたって、同じことさ」と、怒りを極限まで我慢した声で言った。嫩は今更に、古賀が初めて家に来た時のことを思い出した。「ぼくがこんな立派な家に住めるなんて！」と、勝手に思い込んで喜んだあの時の嬉しそうな顔が、いまの苦い顔と重なった。

洋之介の後継ぎは、嫩しかいなかったから、嫩と結婚することで家を受け継げると、考えるのは当然のことだったが、嫩は、この家には住めないのよと、逃げるよりなかった。

「電気が漏れているよ！」

扉を敲く音と大声に続き、小さな裸ロウソクを手で覆うように持った大家のトメが入って来た。電灯を点けてはならぬ、と言われたのであったが、早く掃除を終えたくて、二燭の豆電球を点けてしまっていた。コードを低く下げ、黒布で蔽っていたのである。「まだ解除じゃないんだからネ」

大家のトメはコードを引っぱり、更に笠を下げて、スイッチをひねった。

「こんな田舎だって油断はならないよ。今日は初めてB29がここまで飛んで来たんだし、あんた達も途中で空襲に遭ったんだろう！」と言い、ついでにどこで式を挙げたのかと、詳しく聞きたがってスリッパごと座り込んでしまった。まだ七輪の火も起してなかったので、早く行ってくれないかと、嫩は待った。あまり掃除をしたため、お腹が空いて仕方なかった。朝、与四郎と二人で食べたさつま芋のみそ汁と、わずかな煮物の他は、何も食べていないのである。

「ふうん、あんたはご大家《たいけ》のお嬢さんらしいから、文金高島田でご大層な式を挙げたんだろうと思っていたよ。披露宴も食物なしじゃお腹減ったろう」と、トメは大きな腰を重そうに浮かせて、やっと帰ってくれた。和夫は一度だけトメに頭を下げると、あとは背を向けて話もしないのである。

5

廊下で「古賀さん、新婚さん！　新婚さん！」と、扉を敲かれる音で嫩は眼が覚めた。古賀と呼ばれても実感がなく、嫩達のことを言っているらしいと、大分経ってから気がついた。

昨夜、トメは帰り際、扉の上部に名札と人員を出しておくように注意した。七輪でスイトンを作り、残りのオキを火鉢に移し、炭火代わりにして暖まり、再び荷物の整理を始め、もう一度拭き掃除をした後、ようやく和夫は白い歯を出して笑ってみせた。時間は夜の十二時を過ぎていた。一本も虫歯のない歯を表彰されたと自慢している白い歯である。しかし、それは一瞬のことで、開いた口を無表情に閉じ、能面のような顔を作ってみせる。まるで喜劇役者がパントマイムで演技してみせるような、一瞬で変る作りものの笑いであった。

嫩は、それでも嬉しかった。やっと気持をほぐしてくれたのだと、思った。

「ぼくのは、ここに敷いてください」と、蒲団を押入れから出した嫩に敷く場所を示した。窓際から離れた真ん中である。四畳半一間だけの部屋は、真ん中に一人分を敷くと、もういっぱいになった。嫩はどこへ自分の蒲団を敷いてよいのか、気恥かしい思いで困惑していると、和夫は「ここへ」と、指した。だがあそこもここもなく、もう夫の蒲団だけで部屋中いっぱいになっている。壁土のザラザラ落ちている隅に、半分折り曲げてのべるのがやっとだった。今夜が初夜なのだと思うと、このまま部屋から逃げ出してしまいたかった。式場で空耳に聞えた「いい気になっている」と言う女達の声が、耳元に迫って来る。

だが嫩にとっては、今夜こそ本当に初夜であった。過去の過《あやま》ちとは異り、自分の意志による出発なのだ。生涯の人、と選んで結婚することに決めた相手に、嫩の命がかけられている。洋之介が示してくれた慈愛に対しても、今日という日を大事にしたい思いでいっぱいだった。和夫は自分の蒲団に入ると、背を向けて一言ものを言わない。眠った様子でもなかった。息詰まる思いの中に空襲警報解除のサイレンが鳴ったのを聞いた。雨はようやく小降りになってきた。

ほんの仮睡《うたたね》で夢と現実《うつつ》の間を歩いていたような時間が過ぎた。

「お邪魔だろうけど入るネ！　便所当番してもらうから」

声と同時に女が入口の板の間に入って来ていた。昨夜トメからもらった鍵は、内側から掛けてみると、馬鹿になって利かないのだった。

「まだ離れたくないんだろう？　でも起きておくれよ」

手拭を姉さまかぶりに巻き、赤ん坊をだらりと背負った女と、痩せて貧相な赤ら顔の女が覗き込んでいる。赤ん坊を背負った女は、嫩と同じ年くらいの若い奥さんだった。

「コレ、眠ってんの？」

赤ん坊を背負った女が、親指を突っ立てて見せた。夫のことである。部屋を覗き込んだ眼を不思議そうに、嫩に向けると、

「蒲団二つ敷いたんだネ？　でも一つは空っぽなんだろう」と、卑猥《ひわい》な笑い顔をした。

結婚の初夜というものは、男と女が初めて身体を触れ合う儀式である。その儀式によって夫婦という、許し合い、愛し合う人間の関係が生じると、嫩は考えていたが、何事も無いまま朝になっていた。

「早く出て来なよ！　皆待ってんだよ」

儀式の無かった蒲団は、空っぽではなく夫が寝ていて塞がっていた。嫩は、急いで昼間用のモンペに取り替え、髪を梳かした。顔を洗いたいと、水場の蛇口を捜したが、もとより水の出る所など、一つも無かったのだ。水の出ない部屋であることを、百も承知しているのに、無意識に捜すのは、余程慌てている。この部屋は入口の三和土《たたき》から入ったところに四畳半の畳と狭い板敷があるだけだった。共同の炊事場へ行くためには、廊下で待っている皆に顔を合わせることになる。

進退窮していると「ゆんべのこと聞かれるの嫌なら早く出ておいで！」と、赤ん坊を背負った女が、また強引に嫩の背中を突いて外へ追いやった。廊下を見ると女ばかり数人が顔を寄せ、

かたまって立っていた。

一人ずつ嫩は「今日からよろしくお願いします」と、頭を下げた。古参なのか皆逞しく立派な主婦に見える。女学校時代、校則で頭が床にすれすれになるまで深く下げ、一人一人の先生に最敬礼したことを思い出した。

「古賀さんに言っておくことがあるんだよ」

貧相な赤ら顔の女が卑猥な顔で言った。

「新婚さんが便所に入ると困るんだよ。汲取屋に叱られるからサ」

皆はワッと一斉に笑った。何のことか察しがつかない嫩は、それでも無性に恥かしかった。言い方と顔つきで、夫婦の性に関することだろうと察したのだ。

「分らないのかい？　あれだよ」

「コンドームだよ。赤ちゃんまだ欲しくないいんだろう」

赤ん坊を背負った女が、じれったそうに、はっきり言ったので、皆はまた笑った。

嫩は、B学院時代、三つ年上の従兄が嫩をからかった時のことを思い出した。「良いもの見せてやろうか？」と、四角な薄い袋に入ったものを取り出すと、口に当てて風船を膨らませるように息を吹き込んだ。性に全く無知だった嫩であるが、従兄の様子がいつもとは違い、眼を輝かせながら、この女と似た卑猥な眼を向けているのを見て、本能的に恐れて逃げ廻ったものだ。

あの時の従兄のことが咄嗟《とっさ》に思い出され、羞恥で顔があげられなかった。避妊用具であろうと察した。

「ゆんべ捨てた分は勘弁してやるよ」

また笑いが起り、もう我慢ならないとばかり、廊下にしゃがみ、お腹が痛い！　と叫ぶ女、転がりながら共同炊事場へ行く女もいた。

生れて初めて聞く露骨な話題に、嫩は部屋の中に逃げ帰りたかった。嫩と似た年齢の女達なのに、はるかに狎《な》れた年上に思え、打つ手だても無く立ち尽した。

嫩を呼び出したのは、厠の掃除の仕方を教える筈だったのに、目的は初夜をからかうつもりだったのかと、考えるよりなかった。便所の掃除はひどい臭気をこらえさえすれば、バケツと雑巾で格闘して、何とかなった。固くこびりついた便の始末に手こずるより、性の推察をされたり、立ち入った質問をされる方が、ずっと苦痛だった。

便所掃除を無事に済ませ、女達も姿を消したあと、嫩は手の皮がむけるほど手を洗って部屋に戻った。いくら手を洗っても吐き気を覚えるほどのひどい臭気が抜けきれず、モンペに沁みついている。夫が怒っているのを察し、こわごわ見ると案の定さっきと同じ姿勢で、背中を見せて寝ていた。女達の話し声を不快に思い、怒っていることが明らかだった。

「ひどいところだ。こんなところに来るなんて！」果して夫は、蒲団の中から握りこぶしを見せて言った。結婚の休暇は二日もらえたので今日は出勤しなくてもよかった。

初夜といっても、二つ敷いた蒲団の中で一言の会話もなく、契りも結ばなかったのは、夫の気持が明らかに鬱屈している証拠であるし、それほどこのアパートが気に入らないのであろうかと、嫩は暗い気持に沈んだ。

6

「集合せよ！　避難命令発令だ」

窓の外から突然声が挙がり、激しくガラス窓を敲かれた。

「アンタ達ですね？　ここへ来た新婚さんというのは？」と、メガフォンの大声が部屋の中へ飛び込んだ。驚いてはね起きると、夜目にも体格のよい男が、窓の外で兵隊のような国民服と帽子で、メガフォンをこちらへ向けていた。窓の外は麦畑であった。窓の鍵もドアと同じにかからないのである。豆電球の笠も低く下げ、遮蔽幕《しゃへいまく》も二重に覆ってあるのに、また注意されたのかと困惑していると、

「無届けじゃ、点呼が出来なくて困るよ。防空壕の前へ至急集合せよ！」男はもう一度軍隊口調で、メガフォンを持って言った。挨拶廻りするよう、大家のトメに注意されていたのに、与四郎から送られて来る筈の米穀通帳が届かないので、住民票の移動証明の手続きや、配給を受けるための手続きに手間取って思うように果たせなかったのである。大家のトメに、「班長の

大橋さんには特別に頼むのだよ」と注意されたのは、この男のことだろうと、察した。

和夫は蒲団を眼元まで引き上げていた。窓の音と同時に蒲団が動いた。蒲団に入ったのは八時頃であったが、二時間余りも経っていただろうか、二人の間にはいつもながら薄氷のような冷たさが漂う夜だった。

「遅くてだめじゃないか！」

麦畑の中に掘ってある大きな防空壕の前に、三十人ほどの住人がもう集まっていた。女はしっかりと、モンペを穿き防空頭巾をかぶり、男はゲートルを巻いている。本当の空襲のように見えた。嫩には、他人と共同に住むことの連帯感はまだ湧かなかったが、空襲や防空演習の時は、一軒家よりも安心のようなものを覚えていた。夫達や独身の男性もゲートルと防空頭巾で身を固めている。

「番号！」

班長の大男がメガフォンを口に当て、軍隊の命令口調で号令をかけた。皆は新参の嫩に注目した。

「イチッ、ニイ、サン」

嫩と同じくらいの若い奥さんが目立って多く、その夫と思われる人、中年や年輩の夫婦達、大家のトメもいた。ここは子供を産むことは許可されなかったそうだが、最近仕方なく許可になり、嫩に最初に声をかけた赤ん坊を背負った主婦の富子が出産第一号だと分った。皆馴れた具合に番号を言う。

このあいだ部屋に押しかけて来た奥さん達は、やはりここでの古参者らしく、メガフォンの男と馴れ馴れしく話しているが、他の人達は男の下手に出て機嫌を取っている。最後の嫩の番号を言わないうちに、和夫が来ないかと待ったが、遂に出て来なかった。

「だんなは来ないんですか！」

班長の男は、わざとメガフォンで大きく怒鳴った。ざわざわと囁き声が起り、私語を交している。共同炊事場の五燭の裸電球を外へ引っぱり出した暗い明りだけが、足元をわずかに見せる程度だった。麦畑の上の月の光で、ぼんやりと顔が判別できる。

「アンタの夫疲れて起きられないんだろ？」隣りの赤ら顔の女が言った。皆はどっと笑った。

「新婚さんはそれだからイヤーだよ」と、赤ん坊を背負ったもう一人の女が言った。メガフォンの男は女達の囁きを関わりないと言うように「避難せよ！」と、わざと嫩に向けたメガフォンで怒鳴った。

嫩が急いで和夫を呼びに走ると、向うから不機嫌を露わに歩いて来る夫が、嫩を見て唾を吐き棄てた。いやいや来たのだ。

アパートの男の人が皆で掘って作ったという横掘の防空壕は、入口は狭いが中は広く、全員が入っても少しゆとりがあった。与四郎の防空壕のように扉や鍵はなかった。メガフォンの男の命令で、アパートに焼夷弾が落ちたと仮想し、その訓練が始まった。炊事場の前のドブの淵にバケツや火を払う長い竿が用意してあり、ぞろぞろと竿やバケツを下げて働く。それにしても皆の足は遅い。

　こんな軽々しいもので、焼夷弾を払い、火災を防げるのかと嫩は思った。娘時代にバケツのリレーで防火訓練をさせられたが、爆弾を投下されては一瞬に灰と化すだろう。その時にはどうなるか、その先のことは成り行きに任せるよりないのか。不安を心の中に宿しながらも、嫩は〝勝つ迄は！〟の国民の合言葉を聞いていた。「こんなもので消せるのですか」と、質問などすれば早速にもメガフォンの男のような強い男に非国民と言われ、警察へ突き出される。モンペをやめ、洋服を着ただけでも非国民と、配給を停止される時代だ。

　仮想したB29機が上空に来て、焼夷弾が投下されたという設定で、襷《たすき》がけの女達がバケツに汲んだ水をリレーで運び、麦畑の傍のゴミ捨ての穴の上に新聞紙を燃やして、水で消す。燃やすといってもマッチ一本の無駄が惜しいので、仮想するだけである。

　男達は、アパートの屋根に焼夷弾が落ちたという想定で、長い竿や鉄の棒などで、屋根に這い上ったり、梯子の中途でバケツを受け取って少し入った水を投げるが、その水が、下の人達にかかるのでその度に笑い声が挙がる。まるで運動会みたいに楽しんでいるところがあった。嫩はうろうろと皆の後についていた。男達の中に和夫の姿はさっきから見えなかった。麦畑の向うで、両足をひろげ、妙にふんばった姿勢でいるのが、和夫らしかった。

　ひとしきり興奮した人達の動きが静かになると、再びメガフォンの男の号令で、点呼があり、全員集合で散会になったが、和夫だけ遂に番号から除外されたままだった。

「ぼくは嫌だ！　こんなところ」

和夫は、部屋に戻ると苛立って言った。

「あんな男の命令なんかに従うもんか」

麦畑の向うで両足をふんばった恰好をそっくり見せ、窓際に突っ立っていた。

7

もう三ヶ月も経つのに、相変らず夫とは夫婦の儀式が行われていなかった。夫の気持の中にわだかまるものがあることを察しはしても、それが何なのか、嫩には、はっきり分らなかった。住まいにこだわるにしても、限度がある。夫が夜ごと天井を見つめているだけで、妻を愛するという何かの形を示してくれないことが、不安であった。結婚の話が出た時に小説「テス」は嫩のことであると、示してあるので、過去のことをこだわっているのではなかった。自分も過去があると、言ったことでそれは終っていたのだ。

嫩は夫を愛していた。少なくとも、愛そうとしていた。一所懸命に二人で家庭を築いてゆこうという希望があり、男として頼みとする気持と、傍に夫がいるということで満たされる思いが湧いていた。過去の、余りに性的に無知であったがための過失も、新生活の充実した日々によって洗い流される、という期待があった。しかしいつまでも、指一本触れようとしない和夫の気持は分らなかった。思い切って夫の蒲団の中へ飛び込んでゆく勇気はなかった。人並みに夫婦の契りを結び、気持の通い合う暮しがしたかった。夫は帰宅すると、背広服のまま胡座《あぐら》をかき、新聞を広げてしまう。普段着のズボンとセーターを出しておいても着替えない。新聞の陰で何を考えているのか見当がつかなかった。時たま何の真似か、新聞の陰から白い歯だけを見せた土偶のような乾いた笑い顔を作る。驚く嫩に今度は一瞬で口を閉じ、無表情な能面そっくりの顔をみせる。そしてまた新聞紙の中に入ってしまうのだ。他には何の話もなかった。時に、〝こんなところ〟と、引っ越して来た夜と同じことを何度も言って、怒ってみせる他は、一言の会話もない。嫩の方から会話を捜してみても、反応を示さないのだった。夫は耳が遠いらしいと、思いがけない事実を知ったが、わざと聞えないふりをしているところもあるようだった。一度親友のM男が来た時、夫は人が変ったように明るくよく喋った。

明りという明りを全部消した部屋に、月の光が雨戸の隙間からさし込み、天井のしみや板目の節を見せている。嫩は、天井の板の敷き方やしみの形まで、すっかり覚え込んでしまっていた。

「そっちへ行っていい？」

突然夫の声が、みつめていた天井との空間に漂った。嫩は、驚いた。緊張して身体が硬った。

「いやならいい」まだ何も言わないのに、怒ったように言う。

嫩は枕の上で頭を左右に振り、嫌でないことを示した。

「いいの?」と、今度は遠慮っぽく言った。

「……」

「本当にいいの?」

暗い闇の中で急にか細くなった夫の声が震え、困惑と羞恥で頭を左右に振る嫩の顔が、かすかに揺れる。

夫は、身体をずらせながら嫩の蒲団の中へ、足から入り、次に頭を近づけてきた。どのくらいの時間がかかったか、息をつめて緊張していた嫩には、その時間がひどく長いように思われた。

「脱いでください。ぼくも脱ぐから」と、気弱く丁寧な言葉を使う、人が違ったような夫に嫩は戸惑った。声が乾いているのか一オクターブ高い声であった。嫩はゆるゆるとモンペを脱ぎ、シャツを脱ぎ、最後に、思い切って後ろ向きにシュミーズを取ると、蒲団の中へ急いでかくれた。最後の下穿きだけは、脱げなかった。両手で胸をかくし、また天井を見つめていると、息苦しい数分が流れた。

「場所が……」

夫は、嫩の方へ顔を向けて言った。嫩は、こんな時に〈場所〉という、咄嗟に想像できない言葉から連想する羞恥と戸惑いと、そして興醒めた思いを味わった。

「分らないんだ」

悩みを吐いたあとの勇気を得たように夫は言った。ふと夫の顔が嫩の眼前に迫り、例の白い歯を見せた笑いをしたまま、ストップしているのに気がついた。

それから夫がどうして目的の〈場所〉を見つけて、事が終ったか、嫩は無我夢中であった。気がついてみたら、夫が背中を見せて、何かしている。嫩は、その時自分の内股が無気味に濡れているのを感じた。一体何があったのかと、茫然として記憶を辿った。

夫との交情は、あの膠《にかわ》で固めたような笑いを見た一瞬に消え去った。夫の〈場所〉を捜す冷たい指先が腹部に這う時、医者にでも診察されているような寒々しい感触に耐えなくてはならなかった。燃えあがりたいと思う夫への愛の火は、まだ点火しないうちに消えてしまったのであった。

嫩は、夫が童貞であるらしいことを知った。例の「テス」の件で話した時、結婚する前、好きな女性がいた、と日本髪を結った女の人の写真を見せてくれた。結婚を申し込んで断わられたので疵は深いとも言ったが、その人とは、プラトニックだったのか、それともその疵のために自信を失ってしまったのかも知れないとも思った。いずれにしてもいまは結婚したことで過去を忘れ、夫との愛を育ててゆかなくてはならない。嫩は過去のある身を夫に済まないと思う気持を忘れたことはなかった。

「私」と、嫩は言った。夫は背中を見せていた姿勢から、天井の方へ向き直った。

「あなたと話をしたいのです」と、言ってしまった。

「何の話をすれば、良いんだ」

夫は、いつもの声に戻って言った。

「これからの私達のことを、話し合いたいわ。こんな時代にでも、とっても未来に希望があるの」

新しい二人だけの出発に嫩は賭けていたのである。夫は黙っていた。暫く天井を見つめた後、

「ぼく達、あの家へ住めるんだろう? あの家へ住めるのならば、ぼくは希望が持てるよ」

と、いつもの小さい声で答えた。

「ここではだめなのですか?」と嫩は言った。

夫は急に黙り込んでしまった。一度口を噤《つぐ》むと、あとはもう蛤のように固く閉じこもる。嫩は、再び天井のしみを見つめ、八歳の時、恋に走った母に捨てられ、憎い嫁の生んだ孫の嫩を「居候」「虫ケラ以下」「醜女《しこめ》」と蔑まれて育ってきた環境が夫の考えている想像とは違うことを、何とか分ってもらえないものかと思った。

「あんな家なんか!」と、嫩は言った。暗い汚辱に満ちた実家のことは忘れてしまいたかった。

「空襲で焼けたとしても、ちっとも惜しくはありません。それよりもこの私達の部屋の方が私には大事なのよ」

「……」

「これから二人で築いてゆくこの家庭が大事だとそう思ってください……」

夫が、口元にかかる夜具の衿元で唇を動かす気配がした。

「こんなところで、一体何を築くのだ。ねむいから寝るよ。ぼくは小さい時から身体が弱かったので〝特待生〟と渾名《あだな》を付けられ、大切に扱われてきた。ねむい時には寝かせてくれ」

夫はそのまま背中を向けて、眠り込んでしまった。

8

「木馬館」の新しい暮しの中で嫩の頭から離れなかったのは、妹朋子のことであった。与四郎によって送り込まれた養護園に一日も早く様子を見に行ってみるつもりだったのに、毎日のように警戒警報が鳴るので出掛けられなかった。乗り換えが不便で片道三時間はかかる。いつまで待っても、警報の出ない状態になる当てもなく、或る日、夫が出勤した後急いで仕度をした。

途中で空襲に遭うことも予想して、リュックサックに乾パンと水筒を入れ、朋子の下着や生理用品、石鹸、ちり紙、手拭等入手に苦労したものを用意した。夫がタバコを喫《の》まないので配給の日用品との交換もできた。嫩は夫にだけ瓶の中で搗《つ》いて白くした米の入ったお粥《かゆ》を作り、自分は黒いメリケン粉でスイトンを作る。ためておいた米でおむすび三個を今日は作ることが出来た。中には取っておきの梅干を入れた。裏庭の竹藪で竹の子の皮を剝ぎ、干しておいた竹皮で包むと、美味しそうなお弁当の包みが出来上った。

与四郎が勝を騙して精神薄弱児を収容する施設へ朋子を送り込んだ時は、飴玉を買ってあげると言って連れ出したのである。洋之介の生前、朋子を悪いようにはしないと、口癖のように言っていた与四郎だが、家を取り、遺産を分けてもらい、早や早やと手を打って洋之介の全集の著作権を勝と二人で横取りしていたのだ。もう取るものが無くなると、朋子を家におく必要はなくなったのである。嫩が朋子のことを聞くと怒った。入園後どうなっているのか、何一つ知らせてもらえないままだった。

洋之介の存命中にも、一度入れたことがあるT学園は、子供の能力の回復が目的でなく、手に負えずに処置に困った親が子を捨てる場所であり、富裕な家庭の親であれば金にものを言わせ、世間の眼からかくすために、多額の寄附金を出して終生入園させるつもりの、謂《い》わば子捨て園みたいなところだった。勝も、世間の手前を繕うため、入園を強く洋之介に勧めた。しかし一年間の入園生活で、洋之介が連れ戻したときには、入園前よりかえって行儀も言葉も悪く、荒れて帰って来たのであった。自分より知能の低い子供の真似をする癖がついたのだ。悪い方にはすぐに落ち込むたちであるのを、与四郎は承知している筈だった。

私鉄から乗り継いではまた乗り換える郊外を走る電車は、芋の買出し客が連結デッキの上にまで立ち、窓から無理に入ろうとする客、それを拒否する乗客の喧嘩の声で騒ぎが起り、発車の合図の呼笛《よびこ》を鳴らしながら車掌が、半分出ている臀部《でんぶ》を強引に押し込めようとする。押された勢いで頭とリュックサックだけ、座っている乗客の上に逆さまに落ちる。残った臀部が更に車掌の一押しで、どかっとなだれ込むと、おかしいことに、困るのはお互いさまと、少しずつ身体をずらし、ころげ込んだ客を何とか押し込めてしまう。座席の乗客達も帰りには、裂けるばかりにふくらませたリュックサックを背負ったり、風呂敷包みを抱えこんで、荷物の分だけ混み合い、今度は自分が窓から逆さまに落ちる客となる。

途中で短い警戒警報に遭っただけで、無事にT学園の門前に着いた時、洋之介と三人で来た時のことを思い出した。当時、嫩はまだ女学生だったが、洋之介が朋子のことには胸を痛めていたことが分かった。友人の精神科医をあちこち尋ね歩き、手を尽した挙句、大島まで尋ねたが、あまりに設備がひどいのに失望し、最後の手だてとしてこの学園に希みをかけたのだった。厳めしい鉄の門構えに入る時、引き返してしまいたい気持を覚えたが、少しでも朋子の頭が良くなればという期待があった。

あの時の門が、今は、牢獄のような暗く重い鉄の扉に見えた。回復の見込みのないことが分かりながら、与四郎は自分の都合で再び入園させたのだ。

通用門には鍵もかけてなく簡単に開いたので、思い切って入ってゆくと、広い敷地の向うに麦藁《むぎわら》帽に鍬を持って働いている、まだ少年じみた身体つきの男が、いち早く手を休めてこっちを向いた。花畑だったところを自給栽培の畑として耕しているのだと分かった。頭を下げても反応がなく、数人の少年がもの珍しそうにこちらを見ている。嫩はすぐに彼等が職員でないことが分かった。朋子もそうだが、突っ立って挨拶もなしにじろじろと、他人を臆面もなしに眺めるという特徴があるのだ。

家族の面会人が来たことは、忽ちのうちに広がったらしく、女の子や男の子が首を傾げ、嫩を不思議そうな顔で、覗きに来た。遠慮もなしに面と向かって正面から客を眺めるのも、朋子と似ている。

玄関の入口を入ると右手に事務所があり、前に洋之介はそこで養護費を支払ったり、朋子の状態を話したものだが、嫩が挨拶すると、肥満した大きな女の先生が無愛想に、

「養護費がたまっているので、困りますよ」と、いきなり挨拶もなく、叱る口調で言った。嫩は驚いた。与四郎が、朋子の面倒の全てを見るという約束で、あの家に入り込んで来たのである。何もしていないというのが信じられなかった。まあ、まあと言う男の事務員もいた。

「持って来たんじゃないいんですか！　入園以来一銭も払わないで、家の人は一体何をしているんですか！　葉書を出しても返事の一通も来ないままなんだから」

嫩が叱られているのを、見世物みたいに好奇な眼で見に来る子供が忽ち増えた。

「お姉《ねえ》のバカ！」

素っ頓狂な大声が挙がり、朋子がさっき畑で働いていた男の子にセーターの衿を首吊りにされながら、こっちへやって来る。

「お姉なんか来てくれない方が良いよ」と、朋子は言った。母親の不注意からこんな子供とな

ってしまったのだ。三歳の時の熱病から後遺症が出て気が荒く、乱暴を働くようになった。小学校も情けで卒業だけはさせてもらったが知能指数は五歳にも足りなかった。おねえと言う時は興奮しているのだった。五、六歳の男の子が多く、重度の身体障害の子供達もいた。骨の細く曲がった不自由な足や手を廊下に投げ出し、引きつった首や口の筋肉を動かして、盛んに何か訴えようと懸命だった。職員達の、嫩に対する非難をいち早く感じとっているのか、皆で抗議しているように見えた。しきりに話しかけているのだが、嫩には聞きとれない。

　嫩は、皆がぞろぞろと従《つ》いて来るのにまかせ、廊下から廊下へわたり歩き、朋子達の部屋に辿り着くと、

「あんたに一つ聞きたいことがあるんだよ」

　朋子の受持の先生なのだろう。さっきの太った女の職員が、開き直ったように嫩に向かって言った。嫩は、さっきから叱られ通しであった。

「そりゃ、知能指数から言えば、ここで一番上の愚鈍という高い指数のヤツだ。だが、性格の悪さというか、教師のわたしの悪口ばかり、ありもしない嘘をふれ歩いて迷惑至極この上ない。こんなたちの良くない子供は開園以来初めてだ」

　男のような口調で、腹立ちを示した。朋子は自分のことを言われているのに、まだヤーイと嫩をからかっている。勝の傍で、でっち上げの嘘をつき、嫩を悪く言っては褒美をもらっていた頃身につけた護身術を、ここへ来てもまだ忘れていないらしい。その場の強者につくのは本

能なのだった。嫩はひたすら職員に謝まった。

ぽかんと口を開けっ放しの子供。横座りに、朋子にべったりと身を撓《しな》だれかけている子供。寝そべって、にやにやしている身体の大きい娘等々、朋子よりもはるかに知能指数の低いと思われる子供達だった。皆モンペを穿いている。朋子はその子供達の世話を、馴れた手つきで看護婦みたいに世話していた。嫩は、朋子がここの暮しに馴染んでいたことが哀れだった。早く連れて帰れるようになりたいと思った。

「何をぼやぼやしているんだよ。さっさと始末してやるんだ！」女の先生の荒っぽい声で、朋子は反《そ》っくり返って暴れている子供の、細く萎えた足から垂れ流した尿を始末し始めた。モンペがベトベトである。朋子のモンペにも尿がはね返っていた。朋子は馴れた手つきで、濡れたパンツを脱がせようとするが、そんな最中にも「おまえは愚図で困るよ」と、教師に叱られる。向うの柱の陰で、うずくまっていた八、九歳の女の子が、廊下に黄色い大便を出してしまうと、当然のようにその始末を命じられた。誰か一人に面会人が来ると皆が興奮して、不始末がひどくなるのだった。どの子供も母親の来るのを待ちこがれているのである。

「養護費を払うか、それともいま引き取ってもらうか、何とかしてくれなくちゃあネ。性根《たち》の悪い子だからネ」と、始末している朋子を見ながら、太った職員は言った。持って来たお金を取りあえず払い、叔父に清算させるからと、謝って帰った。

裏門まで嫩を送りに来た朋子に、持って来たおむすびを与えると、歩きながらがつがつ食べた。先生の言いつけを守ること、身体に気をつけること、先生の悪口を言わないこと等々、必死の思いで嫩は説得するのだが、朋子は三個のおむすびを咽頭を鳴らして嚙まずに呑み込み、嫩の言葉など上の空で、聞いていなかった。

9

与四郎に頼み、朋子の面倒を何とか見てもらわなくてはと、嫩は思った。与四郎は洋之介の死の直前に勝と図り、嫩を勘当する旨認めた遺書を作成し、意識不鮮明な洋之介にサインすることを強要した。洋之介があの時必死の思いで要求を振り払ったのは、嫩に遺産相続の権利を与えることで、立ち直ってもらいたい思いがあったのだろう。死に臨んだ幽《かす》かな意識の下で嫩の過失を許すことを宣言した洋之介の意志は、結局勝と与四郎の手でうやむやにされてしまった。洋之介の生前、嫩を疎外し朋子を世話することによって遺産の分け前に与《あずか》ろうと、我先にと争った女達も、洋之介の死後、与四郎に遺産が行ってしまうと、水が引いてゆくように朋子を放棄して去った。朋子のことを口にするのは、今は勝だけであるが、その勝も、自分の生きることに懸命で、与四郎に任せたままである。

夫の古賀が、初めの思惑と違って朋子の面倒まで絡まる有様に腹を立てるのは当然であったが、内藤家の入り組んだ事情を話すことはできなかった。

今は与四郎の家となった、かつての洋之介の家へ行くことは嫩には気が重かった。行きにくいと分っていながらも、嫩の大事な荷物を残しておいたのは、あの家が空襲に遭うことは、絶対無いという思いが何故かあるからだった。暗い思い出の家ではあるが、洋之介の設計で建て、洋之介が愛して住んだ家である。B29機の爆撃で焼失されたくないという思いがあった。

焼ける危険の大きいのは、むしろ「木馬館」であると嫩は考えていた。

あの大雨の日に家を出てから、初めて実家に行ってみた。麗子が里帰りした時のように賑々しく迎えてくれる人もいないばかりか白い目で見られる家だった。実家でありながら、他人の家同様となった家に戻る嫩の足は重たかった。空地のブランコも高圧線の鉄塔も、子供の時や娘時代と同じに残っているのが懐しく、家を目の前にして、公園の滑り台に腰を下ろし、気持を整理した。

坂の途中から「内藤与四郎専用」と、明記したコンクリートの防火貯水槽が見えた。洋之介は名前を書くことと、専用と書くのが嫌いで、勝に止めさせていたが、遠くからでも見える与四郎の大きな字であった。ふと門の上を見ると、見馴れない光った大きな表札に、内藤与四郎と殊更に書いてある。嫩が家を出る日までは洋之介自筆の小さな表札が出ていたが、与四郎は嫩がいなくなるとすぐ外し、看板じみた表札と取り替えたのだ。

表門は、堅く閉めてあり、家族用の通用門をくぐって客用の玄関の方へ廻った。洋之介が愛したバラや沈丁花が引き抜かれ、土を掘り起こし畑になり変っていた。実用主義の与四郎と知ってはいたが、いち早く家庭菜園に変えられてしまったのが情ない。二十日大根や玉蜀黍《とうもろこし》の種をあさっていたのか、鴉が一羽驚いて飛び立った。

応接間から、たどたどしいピアノの音が聞える。覚つかない「軍隊行進曲」の練習曲だった。ミサヲを音楽家にさせるために奔走していた与四郎であれば、ピアノを買い与えても不思議ではない。オルガンで練習していた癖が抜けないのであろう、歯切れの悪い行進曲である。こんな時世に仮に軍隊の曲であっても、ピアノを弾くことが許されるのだろうか。

窓を見上げると、子供用の花柄のカーテンが下り、洋之介が三善琢治や訪ねて来る詩人達と会っていた応接間は、子供部屋に変っているようだ。嫩は、玄関の呼鈴を押すのをやめて、庭へ廻った。自分がうろうろと家の廻りを歩く泥棒か、野良犬のような姿に思われた。

防空壕の扉が開け放してあり、中のものがまる見えになっていた。穴は深くなくても棚が吊られ、木の扉も鍵でしっかり閉められるように機能的に作ってある。扉の外側に、はみ出た恰好で、さつま芋が並べて干してあった。嫩がこの家にいた時には一本ずつ番号を書いた荷札を縛りつけていたものだが、その札も無く、扉も開け放っているのは、水入らずの暮しの無防備さを見せていた。いかにも与四郎のすることらしいと、大量のさつま芋に驚いて見入っていると、更に驚くことに奥の方に玉葱が麻紐で吊るしてあり、その向こうに芋茎《ずいき》の束が暖簾《のれん》のように吊り下げて干してある。切り干し大根も棚の上の大笊《おおざる》にあり、その横に天ぷら油、味噌の甕《かめ》等々宝物のように並べられている。まだその奥には薪が隙間もなく積み込まれ、更に息をつめるほど瞠《みは》った眼に、はっきり見えたのは、米俵が一俵手つかずに保存してあることだった。

「誰?」

と、声がかかり驚いて振り返ると、与四郎が背後に立っていた。見るつもりもなく、引き込まれて見てしまったことが後ろめたく、慌てて嫩は飛び退いた。与四郎は五分刈りのすっかり伸びたゴマシオ頭を、防空壕の扉に押しつける恰好で、急いで戸を閉め、鍵をかけると、

「何か用かい?」と、言った。嫩は、言葉が出なかった。朋子のことを言わなくてはと、思っても取りつくしまのない与四郎が立っている。与四郎の顔は、隠しようのないバツの悪さと疚しさで、開き直った太々しい表情を見せていた。洋之介を騙し、嫩と朋子を騙し、遂に自分の目的を果した男の狡さを、嫩は見た思いだった。与四郎はB出版社の倉庫番になることが出来たが、それには目的があったのだ。洋之介の死後すぐに出たB社からの全集は与四郎の采配だった。室尾を言いくるめてB社からの出版にこぎつけたのだった。

「用件は何ですか? 米穀通帳なら送り返した」

と、与四郎の他人行儀の乾いた声が、庭いっぱいに広がった。嫩の来るべき場所ではないと、その声は告げていた。通帳はずっと後になって返してきたが、一言の言葉もついてなかった。いつもの国民服でなく女物のモンペみたいなものを穿き、呉服屋みたいに腰に細長い前掛けを掛けていた。

用件と言われても、庭に立ったまま話せるものではなく、それに茶の間のガラス窓から与四

郎の連れあいの君子の、尖った横顔が見えている。本当は気の弱い与四郎の尻を、陰で敲いている女房であった。

「荷物取りに来たんだろう？　さっさと持って行くがいいよ」

彫りの浅い顔を向けたまま、胸を露わにした君子が、荒い言葉使いで、少し開けた障子から顔を覗かせた。嫩の荷物が残してあるのを嫌がり、皆取りに来いと言っていたのである。勝が、「あの女が与四郎についていると思うと、ミサヲに内藤家を継がせるのは嫌になる」と、口癖に言ったものだ。与四郎の監視の中で、嫩はズックの靴を脱ぎ、野良猫みたいにびくびくした足で、嫩の部屋だった〝子供部屋〟の方へゆこうとすると、

「二階の物置だよ」と、うしろから与四郎が言った。

嫩がこの家から出たあとまで、元のままになっている筈はなかった。開いている扉から花柄のカーテンと、縫いぐるみ人形が見え、他人の部屋に変っていた。ミサヲが「ラバウル小唄」を、音程の狂った声で唄い、ふかしたさつま芋を握って、嫩の背後から階段を上って来た。従いて行けと親に命じられたのだろう。ミサヲは嫩の娘の頃、「色は黒いが南洋じゃ美人」と、廻らない口調で嫩に当てつけのように唄った。親にそそのかされて覚えたのである。嫩にとって、苦しい思い出の多い階段を一段ずつ上って行くと、洋之介の生前のことが思われた。事故のように遭遇した悪い男に騙され、妊娠に気づいて、せっぱつまった嫩が、二階の書斎の洋之介を頼って死ぬ思いで上ったこともあった。洋之介の仕事に打ち込む姿には厳しい雰囲気があ

り、嫩は苦しい胸を抱えながら打明けることもできず、入口の踊り場に力なくしゃがみ込んでいた。見上げたランプの笠が、涙で霞み、見えなくなったものだ。あのランプは一つ残らず取り外されていた。

洋之介の書斎だった部屋は跡形なく片付けられ、机も無くすっかり変っていた。只一つだけ洋之介が愛蔵していた立体眼鏡や、手品の小道具、愛蔵本等は、屋根裏の物置に一緒くたに押し込めたままであった。まるで廃品の問屋みたいである。埃が堆く溜まっている。こんな保管の仕方をするなら、嫩のアパートへ持ち帰りたいと思った。

与四郎一家に住まわせることが、こういう結果になるということを、勝や八重子、麗子、正子達が予想できなかったとは思われない。今更ながら、くやしい思いにうちのめされた。

ミサヲは、さつま芋を持ったべとべとした指先で、蓋のないダンボールに入っている、洋之介の遺稿らしい束や遺品のまわりに触れている。嫩が話しかけないのが面白くないように「ここ、ぼくの家だよ」と、言った。

嫩は、風呂敷包みにまとめておいた荷物から要るものと大事な物を捜した。洋之介のレコードとトランプ、それについでに洋之介の本棚から見つけた、娘の頃愛読した、懐しい小説二冊を取り出して風呂敷に包むと、早や早やと階段を下りた。あまり長くいると、与四郎が怪しみ、見に来るかもしれないし、ここにいるのはつらかった。

階段の中途まで迎えに来た与四郎は、

「もうあんまり来ない方がいいよ。あとの荷物は預かっておくから」と、嫩を廊下の隅の物入れの方に誘導し、女房の眼を気にしながら、新聞紙に包んだものを差し出した。重い感じで本であることは分かったが、何のために嫩に持たせようとするのか、察しがつかなかった。

「これはアレに内緒だ」と、嫩の風呂敷に早くしまわせようとしている。いつもの与四郎の様子と違っているように思われ、嫩は、

「朋子の……」と一言、思い切って切り出した。養護費と毎月の費用をきちんと払ってくださいと、言わなくてはならない。与四郎の当然の義務であるのに、あの始末では困る。

「悪いようにはしない」与四郎は一瞬顔色を変えたが、「空襲があるのでね。なかなかいけないよ」と、急いで縁側の踏み石に脱いだ嫩のズック靴を拾い、親切な様子を見せながら言った。知っていて手を尽そうとしないのが、はっきり分った。茶の間のガラス窓に、女房の君子がまだ胸をはだけた恰好で、こっちの様子を窺《うかが》っている。嫩は外へ飛び出し、一目散に帰途に着いた。

10

夫は、さっきから与四郎のよこした本のページを繰っていた。家に帰って新聞紙を開けてみると、洋之介の全集であった。B社から出版された年月を見ると死後間もなく出始め、ちょう

ど最後の巻が最近終ったところなのである。

与四郎が、洋之介のまだ息のあるうちに書斎を片付けてしまい、「出入禁止」の札を貼って嫩の入ることを禁じたのは、洋之介の遺品や意志を大切にするためでなく、全集が出版されるであろうことを予想し、遺稿の値段を踏んでいたのだった。

与四郎が手廻しよく、洋之介の生前から足繁く室尾家を訪ねて策を練っていたのである。

洋之介の無二の友として発言力の大きい室尾燦星を味方に抱き込むことを思いついたのは、与四郎一世一代の才覚であった。与四郎は室尾燦星に、嫩が長女として我儘に育ち、勝を困らせ洋之介の死後も贅沢三昧の生活を改めず、洋之介の遺産も家屋敷も著作権も一人占めして、祖母の勝をないがしろに、お姫様のような暮しをしている、と吹き込んだのである。燦星が、与四郎を信じて小説「黒髪の書」に書いてしまったくらい行き届いていたのだ。燦星は洋之介の家に来た時に、柱の陰に隠れておどおどと大きな暗い目を向けている、無口な嫩を見たことがあるだけである。内実を知らぬ燦星は単純に、与四郎の話を有りそうなこととして受取ったのだろう。親友の年とった母親が困っているというのを聞き捨てにできず、著作権はじめ内藤家の管理を与四郎に一任する案に同意した。

しかし、三善琢治は、B社からの出版にためらいを感じていた。B社の性格が、洋之介の全集が出るのにふさわしくないのだった。B社は教科書や子供向けの雑誌が本流で、詩集などの純文学系のものは、経験と実績がないからである。そのためA社から出したいと主張している三善は、室尾の自分勝手な進め方を快く思う筈もなく、意見の衝突がしばしばあった。洋之介の死後間もなくで物資が乏しく何よりも紙の特配を待たなくては、本が出版されない時代であった。良質の紙が特配されるのを待ち、時期が遅れても、全集にふさわしい良い紙を使い、文学本で実績のある老舗のA社からの出版をと、三善は願った。それが洋之介への恩返しだと三善は信じていた。洋之介を思う気持は純粋であった。

一方与四郎は、一日も早くB社からの出版を進めたい一念で、倉庫番という役職を利用し、早や早やと紙の特配をもらうために手を打った。紙の割当担当者に、闇で入手した米や、甘い菓子や酒を、賄賂に持参した。黒っぽく粗いざら紙が配給になったのは、それから間もなくのことであった。

与四郎は鬼の首でも取ったような満足の気持で室尾燦星の家へ飛んで行き、自分の功績で紙の配給がもらえたことを自慢した。

話はとんとん拍子に進められ、編集会議の席上、A社を推す三善琢治とB社を推す室尾燦星とが、険悪な空気となったのは不思議ではなかった。席には原辰雄や中田重治等も居合わせた。B社からの出版では、編集委員を下ろしてもらうとまで、三善は言い出した。せっかくここまで漕ぎつけたのにと、怒った燦星は、三善の意見を受けつけようとしない。裏で暗躍する与四郎の存在を知らないまま腹を立てた三善はいきなり椅子を振り上げ、燦星に襲いかかろうとした。原辰雄が蒼白になり、二人の宥《なだ》め役に廻った。編集会議は中断し、騒然となった部屋を見捨て、三善は席を立って出て行った。

与四郎の工作であるのを、誰一人知る由もなく、結局三善は、全面的に手を引き、B社からの出版の話が纏められることになったのである。

B社からの洋之介の全集がどんな本か、嫩は見せてもらったこともなかった。勝がまだ家にいた頃、嫩が茶の間に入ろうとすると慌てて後ろ手に隠してしまったが、あの時の水色の表紙の本が、いま思えばそれであった。こんなに貧しい暮しをしているのに一銭の分け前もないのだった。「長女のお前が著作権を継承しないのか！」と、夫は著作権者、「内藤嫩」と名前の書いてある奥付を指して言った。嫩の名前だけは書かないと法律的に出版できなかったのか、確かに名前が載っている。初めて知った恐ろしい策略であった。夫の不審がることは当然のことだったが、嫩には答えられなかった。

家、財産の権利も、著作権も、一切嫩には発言権がないように仕組んだその罠に嵌まってしまっても、無力な嫩はあえて戦ってみる欲もなかった。洋之介の全集が出たことをうすうす知ってはいても、本も見たことがないとは、世間知らずにも程があった。嫩は、洋之介にまつわる一切の権利を放棄していたのである。

夫には、結婚前にも何度か一族の恥の全部を話そうと決心し、機会を狙ったこともあったが、今となっては手遅れである。

「チョッ！　ピアノなんか買って金持然としているのか？　本当なら、お前があの家でピアノを弾いていられる身分じゃないのか！」

「そりゃそうですけど……」

　と、嫩はピアノには未練があって言った。小学生の時音楽を一生の仕事にしたかったのに、祖母にこっぴどく叱られ、身分不相応と諦めたことを思い出した。文字通りの無一文でも夫と世帯を持つことで、第二の人生の出発ができる喜びと、束縛のない家庭で、夫と水入らずの食膳を囲むこと以外は何も考えていなかった。

「何故、お前は与四郎さんに食いものにされていたのか？」と、夫は解明の糸口を見つけたように追及した。今日までの夫の不機嫌は単純に部屋の貧しさのみを言っているのではなかった。夫は、嫩をお前と呼ぶようになっていた。嫩の方からむしろ頼んだのだ。その方が夫婦らしく嫩には思えた。

　しかし食いものと言う言葉に嫩は、引っかかった。こんな場で使うためか、どぎつく響く。世間知らずの嫩が、表皮を剝がれ、身を真二つにされるような、恐ろしいものさえ感じられる言葉だった。


　あれはたしか洋之介の三回忌の時であった。場所は忘れもしない洋之介の書斎である。机も座蒲団も本棚も、一切が形を留めないばかりか、もう与四郎の荷物が七分通り入り込んでいた。洋之介の亡くなったのは太平洋戦争の始まった翌年十七年の春であるから、翌々年、つまり嫩が秋、嫁に行く年の春である。T大航空研究所に英文タイピストとして勤めていた嫩は、喪主として父親の法事の席に座らせてもらえると思い、休暇を取って、家にいた。

「図々しい。呼んでやりもしないのに」と、ひそひそと女達の声が聞えた。洋之介の五人の妹が居間に集っていた。

いつものことで、宴の食膳を囲む時に困るのだと気を利かせた嫩は、食事が終るまで自分の部屋に籠ってじっとしていた。

「あ奴、兄さまの本が出たのに、自分には著作権が無いと、気がついたのかしら」八重子の声である。

「もしあ奴さんが悪智恵出して訴えたら?」

麗子の声であった。

「だから早く嫁に出して籍を抜いてしまうことが先決よ。籍さえ無ければ、何の権利も無いんだしネ」

嫩は、例により自分のことを言われていると察しがついても、何のことだかまだ分らない。それより叔母達に挨拶をしそびれているのでいよいよ気が重くなっていた。

「残る当面の問題は、あの女を早く嫁に出して籍を抜くことネ」

「でもいわくつきの疵ものだから」と、八重子の声だ。五人の叔母の中でも八重子は、洋之介の死後俄かに、嫩を疵つける言葉を平気で言うようになった。

「あ奴、嫁に行きたくないなんて泣き顔見せて言うのは、ちゃんと計算してるのよ。この家に残っていれば、得だということを知ってるのよ」末の妹の麗子である。聞えよがしな会話に、嫩は身のおきどころもなく、皆が寝るまで出て行かなかった。

11

メガフォンの男の大橋に赤紙が来て、召集される前夜、「木馬館」では、大家のトメの家で壮行会を催すことになった。

A棟の裏の平家に住む大家のトメは、角帯の着流しの夫と、住んでいた。奥さん達の噂では、今時珍しい男の風態から察して、特種な商売のその男の、妾だということである。古賀はメガフォンで怒鳴られて以来、大橋と顔を合わせても挨拶しないので変人という噂が広まり、ついでに嫩も、良家の娘らしいが変っていると言われていた。お喋りだが気のいい富子が、嫩の貧しい暮しを見かね, 洋裁の内職の世話をしてくれたり、隣りの赤ら顔の女が時々田舎の葱や人参を分けてくれたり、味噌を貸してくれるが、廊下や共同炊事場で噂をしているらしく、嫩が行くと話を変えてしまうか、ニヤニヤ作り笑いするのだった。嫩の噂でなければ、夫婦の夜のことか配給の行列の話、闇で買える食料の情報交換がここでの話題であった。

トメの家では、メガフォンの男が中央の主賓席に座り、「祝　大橋国雄出征」と書いたタスキを肩に廻し、日の丸の鉢巻きをしている。足にはゲートルを巻いていた。酒は出征兵士だけに一合つけてあり、他の人は文字通り別れの水盃であった。

「御国を守る戦士となった誇りで、自分は元気に戦って参ります」彼らしい軍隊調の言葉を、大きな身体いっぱいに吐き出した。メガフォン調の大声は地声になると殊更に大きい。夫の小声に辟易している嫩はむしろ羨ましかった。許婚の三枝子は、事実上の夫婦と同じに大橋の部屋に泊まり、朝になると向いのB棟の両親の部屋に帰った。大橋が無事に戻ってから、正式に結婚式を挙げるらしいが、公然の秘密となっている二人には、うるさいトメも苦情を言わないらしかった。

三枝子は、千人針を大橋のために急いで作ったが、急なことで間に合わないまま、皆に何度も頼み、自分でも結び玉を幾つも作った。

「お手柄をあげてお帰り下さいよ」三枝子の母親は言った。大橋のお蔭で赤飯を食べられることが朝からの楽しみで、皆は待ち構えていた。粳米《うるち》一人一合ずつ持ち寄れば、今日の祝いに餅米と小豆は、トメが出してくれることになっていた。一日二合二勺配給とは名ばかりで、主食代用の大豆、芋等を引かれると、米の来るのは一日一合がようやくの計算だった。二分づきの黒い米を瓶で搗き、三分か四分づきにするのは嫩達主婦の役目であった。蒸籠《せいろう》の上で、ふっくらと炊きあがった小豆入りの赤っぽい赤飯を見た時、歓声が挙がった。何と久し振りの赤飯だろうか。それも粳米の赤飯でなしに本当の餅米の赤飯だった。「ちゃんと米の先がトンがっているよ」富子が頓狂な声を出した。

一粒ずつふっくらと粒が立っていて、雑炊のふやけた米粒に見慣れた眼には、珍しくてたまらない。トメは風袋《ふうたい》を予め計っておき、悠然と皿を計量器に乗せ、風袋を引いた正味分を、一人分ずつ計り分ける。皆は一人一人の皿を穴のあくほどに見つめた。息を詰めて目盛を見る一瞬である。一粒でも多く自分の皿に分けてもらいたい一念だ。

「ダンナさん、来ないじゃないか。こんな御馳走食べられなくて損なのに！」

隣りの赤ら顔の痩せた女が、口いっぱいに赤飯を頬張って嫩に言った。夜になると、「サド」と風評のある夫に暴力をふるわれて泣くのに、昼間は仲のよい夫婦だった。赤ら顔は冷え症のためだと言っている。小柄で、女房より背の低い夫は、下を向いてばかりいた。嫩の夫は、この小男には、何故か好意を持っていた。

嫩は、二人分の米を出したのが無駄になったのに重ねて、夫が不機嫌な顔で待っていると思うと、気が重かった。持ち帰りはさせないという約束なのである。

「これでついでにおはぎの一個もあれば、言うことないよ。ズルチンでいいからサ」

「しっ！　贅沢言っちゃ大家さんに申し訳ないよ。こんなに食べさせてもらえるのに、戦地へ送られりゃ蛙や蜥蜴《とかげ》を食べるんだよ。寝るところだって、泥水の中かトーチカよ」

ついこの間も向かいの棟の体格の良い若い男が出征したが、今夜のような盛大な見送りはなかった。

「勝って来るぞと勇ましくう……」と、誰かが唄い出すと、後について唄う声が次第に大きくなり、いつも防空演習をさせられている麦畑に谺した。

「誓って国を出たからは」

「手柄立てずに死なりょうか」

水盃であるが、まるで酔ったような口調で皆の唄うのを、当人の大橋だけは本物の酒を飲んでいるのに、けろっとして聞いている。いつの間にか一升瓶が大橋の傍に置いてあり、コップに直かに移して飲んでいた。与四郎に似て酒、砂糖、玉子、米など要領よく入手する人であった。留守の間の大事な食料品の管理は、三枝子に頼むのではなしに、トメに頼んである。

「バンザアイ!」と、力一杯三唱した後、散会になって戻ると、果して夫が怒り顔で背中を向け、寝たふりを装っていた。夫は、大橋が大柄な男で威圧的な態度を示すのと、物資を豊富に持っていることに反感を持っていた。

「バンザイなんてお前も言ったのか!」

と、蒲団の上に上半身を起した。聞いていたらしい。

「チョッ!　赤紙が来たくらいで、大きな態度をしやがって!」

夫は、丙種合格であった。背が低いために兵隊の資格がないのを、男としての価値が無いと、深刻に悩んでいるらしい。

嫩が一年くらい務めたT大航空研究所は、木製の飛行機を研究していた。夫の仕事は重要視され、仕事への熱はあったが、夫の不満は、八年余も勤務していて仕事も買われているのに、給料が低く、英文タイピストで入った嫩の方が高い給料をもらっていたことであった。ミスが多く、碌に仕事が出来なくても学歴があるからだった。夫の給料が上らないのは、大学を卒業していないからで、学歴尊重主義の制度に、夫はいつも腹を立てていた。夫は、羽を膨らませて敵を威嚇する小鳥のように、肩を怒らせ両足をいっぱいに開いて胡座をかくのが癖であるが、嫩は、そんな時の夫の短い足や寸づまりの腕に、ふと興醒めるような気持を覚えてしまう。

夫は、何を思ったのか急に声を落すと「そっちへ行っていいか？」と、言った。

嫩は、夜になっても夫が傍に来てくれない方を、むしろ望んだ。いくら願っても無口な夫と会話があるわけでもなく、将来を夢見て語り合うわけでもない。黙って雑炊を食べる時だけが、唯一の交流ともいえる時だった。しかし、時には夫がやさしく寄り添って眠ってくれることを待つ気持もないではない。警報の鳴らない夜は、今夜あたり夫が床に入って来て、優しいことを言ってくれるのではないかと、蒲団の衿元を手で閉じながらも待った。嫩は夫の優しい愛を受け、性に対する暗い、片寄ったしこりを解きほぐしてもらいたかった。性の行為が恐怖や自棄でなく、アパートの女房達のように女の喜びであることを知らせてもらいたかった。

過去の暗い記憶は、家庭の愛を知らぬはぐれ鳥の身に、突然降って湧いた事故にすぎない。暮しの中で慈しみ合う静かな性愛に満たされた時、忌わしい屈辱を完全に葬り去ることが出来る。女としての出発がそこにあると、嫩の心の奥底で待ち、疼いているものがあるのだった。

夫は、嫩の蒲団へ近づくと少し照れるように、モンペと下着を脱ぐようにと小声で言った。夫も背中を向けて脱いでいる。嫩は、今夜こそは夫の優しい抱擁をと願った。親鳥の愛を受けるように優しく羽交い締めに抱いてもらいたいと待った。接吻さえまだ一度もしていなかったのである。戦争中とはいえ、夫婦であれば接吻ぐらいは許されてもよいのにと、嫩は密かに不満をかこった。過去の過失の日々にも頑なに唇だけは許さなかった。女の唇は魂を与えるものであると、考えていたからだ。

嫩は眼を瞑《つむ》って夫の愛撫を待った。女として受け身になる時が、幸福な瞬間であることを、本能的に知っていた。

夫の顔が嫩の前で白い歯を見せて笑っていた。と、次の瞬間に元の真面目な顔に戻った。医者みたいに指先で探り、〈場所〉が分るとワンタッチで全て終りだった。

「お前の身体は死んだ貝みたいだよ」と、夫が言った。嫩は咄嗟には分らなかった。夫は、例の白い歯をむき出しにした、はりついた膠の笑い顔を見せた。

嫩は、無我夢中のまま、夫の笑う顔を見つめた。脱いだシュミーズを手荒に着せられ、早く寝るように言われたが、そのまま夫は動かない。寝ている嫩に、何のためか、白い歯の笑い顔を見せただけだった。

「死んだ貝」と、夫は言ったが、死んだ貝とは何か？　嫩は天井を見つめて考え続けた。

この頃は貝の配給は無いが、娘時代、みそ汁の中の口の開かない貝があると、祖母は箸の先でつまみ出し捨てた。米粒一粒も捨てない祖母なのに、珍しかった。

その捨てた死んだ貝の口に包丁を入れてこじ開け、嫩に食べさせたのは、叔母達だった。腸の弱い嫩は、当たって苦しんだものである。死んだ貝が嫩だとすれば、食えない役立たずということか？　それとも口をこじ開けなくては開かない、頑なさを言うのか。夫の〈場所〉捜しは、道に迷った小鳥みたいに頼りないものだが、その上みつけた場所に、頭を突込めないで逃げ出す小犬のようだった。

生きた貝にならなくてはと、嫩は思った。

夫と共にいると、嫩は死ぬ。身も心も死んでしまうのだ。自分の中の頑なな面が顔を出してのさばり、夫を拒絶する。愛そうと焦るほどに、夫を冷たい眼で見てしまうところがあった。生きた貝になって、瑞々しい呼吸をするようになれば、夫も生き返るだろう。かたく閉じて呼吸もしない貝なら、相手をも死なせてしまうのだ。

「私が悪いのね」と、嫩は言った。夫は返事の代わりのように、背中を向けると、「明日早いから寝よう」と、小さい声で言いそのまま動かない。疲れているようだった。うそ寒く貧しい部屋の一部始終を、汚れた壁が見ている。遠くでフクロウの鳴く寂しい声が聞えていた。

12

嫩は、何故か眼が冴えて眠れなかった。夫は今夜もぐっすり眠っている。夕方から警報が発令されていたが、今日は悪い予感がした。警戒体制が厳重になり、暗幕の豆電灯も点けられないので、夕食が済むと片付けは朝に廻し、眠りにつくのがこのアパートの習慣であった。嫩達もそれに倣い、長い夜の空白の時間を持て余していた。

空襲警報が突然鳴り渡った。B29や艦載機による空襲が何度かあり、間もなく大空襲で東京が丸焼けになるという噂も、巷に流れていた。大家のトメの言うように、こんな田舎でも安心はできないと思った。

嫩は、夫を起した。いつでも飛び出して逃げられるように、仮寝で常にモンペを穿き、枕元には用意したリュックが置いてあるが、起きて出るまでには仕度が要る。何度起しても起きない夫を、少しでも眠らせておく配慮で様子をみていると、廊下に騒々しい男女の声が挙がった。空襲警報だよと、富子が叫んでいる。

こんな時大橋がいれば早速メガフォンを持って、怒鳴り歩くのだったが、あの男の代わりに音頭をとる者はいなかった。やっと上半身起きてこめかみを押さえている夫に、嫩は防空頭巾を被せ、背中に無理にリュックを背負わせた。トメが大声で「空襲ですよ！」と、窓の下で叫んでいる。「空が真っ赤だよ！」と、裏の麦畑から叫ぶ声が聞える。寝入り端《ばな》を起されて不機嫌な夫は、しぶしぶと外へ出て防空壕へ急いだ。数日前の空襲では、銀座四丁目から有楽町方面に焼夷弾を落とされたが、郊外のこの辺りはいつもと何一つ変わらない。こんなところ！と腹を立てていた夫も、「ここは安心らしい」と、安堵の表情を見せるようになっていた。

「あの空の赤さは、恐ろしい赤だよ。焼かれた人は火の海を逃げ廻っているんだろう！」

「東京中が焼野原になっちまうよ。近いんじゃないんかしら？」

防空壕の外で恐ろしそうに、空を見つめる黒い影が蠢《うごめ》く。高射砲の炸裂音が響き、サーチ・ライトの閃光が頭上で交錯している。

嫩は、実家が焼けるような不安な気持を覚えた。

「浅草方面らしいよ。ラジオのニュースで言ってたから」「親類がいるのにどうしよう？」「友達がいるよ」等々、言い合っている。

高射砲の音の凄じさにふり仰ぐと、帯を解いて投げたように火柱が宙に浮いている。その明るみでB29機と日本機の機体が交錯しているのが見えた。爆音で耳が潰れそうだ。T大航空研究所の木製の飛行機では、たちどころに焼けてしまうだろう。夫は何を考えているのか、防空壕の中で縮こまっていた。「木馬館」のすぐ裏の私鉄の線路を、警備員が歩きながらメガフォンで何か叫んでいた。

与四郎は果して家を守ってくれるのかと、今まで胸の底に押さえていた不信感が疑いとなって、俄かにせめぎ出した。与四郎が家族と団結して、焼夷弾を消せるだけ消した挙句に焼けるのなら諦めもつくが、家を放って逃げ出されてしまっては、諦めがつかない。嫩が、朋子のことを訴えようと実家に行った際持ち帰った二冊の本を、取りもどすためと、全集の著作権は自分のものだと言うために先日与四郎が「木馬館」へ来た。洋之介にもらったものなのにと口惜しかったが、争うのが嫌で嫩は諦めて渡した。取り返したところで食料品ばかり入れてある防空壕へ与四郎が本を入れる筈もないだろう。

二時間近くも立ち尽した足は冷え、感覚が失われた。

「戦地で戦っているあの人のことを思えば、これしきのこと……」と、三枝子が言う。

「空襲だって明日は我が身と思えば、眠っておかなきゃ身が保たないよ。栄養不足なんだからネェ」と、富子が、食べ物の話を持ち出したのがきっかけで、見栄も外聞もなく、〝今夜はスイトンの中にさつま芋二本も入れたので、満腹した〟と言う人、〝ウチなんかウドン粉のふかしパンだからペコペコだよ〟と言う人等がいる。いちばん逼迫《ひっぱく》している食べ物の話をする時に気持の落ち着きを覚えるのが、奇妙だった。嫩の家も今夜はふかしパンだった。イースト菌が配給のタバコと交換で手に入ったのである。夫がタバコを喫まないのは嫩としてはもの足りないが、有難かった。タバコさえあれば当座はしのげるのだった。配給の小麦粉を捏《こ》ねて御飯蒸しに入れ、布巾を掛けて蒸すと、面白いように膨らんだパンができ上がる。電車の線路沿いの田圃で餅草を摘み、茹でたあと爼《まないた》でみじんに切り刻み、小麦粉の中へ混ぜると、青緑の鮮やかなふかしパンが出来上がるのだった。裏漉《うらご》しにかけるとよいのだが、勿体ないのでかけなかった。餅草入りのパンを三個ずつ食べられたことは、この上ない喜びと満足であった。タバコが思わぬところで役立つのだ。餅草と一緒についでに土筆《つくし》も沢山摘んだ。線路沿いの田圃の畦道《あぜみち》である。袴を取り茹でると、おひたしとして美味しいおかずになった。サイレンの鳴らない日には、急いで摘みに行くのが、気分転換と楽しみでもあった。

「この先、どれだけ続くのかねえ、アメ公との戦争がさあ」

「こんなに大きな空襲が来るようじゃ、勝ち目もないと思うけど」

「しっ！」

と、年輩の誰かが止めた。もし警察や警防団員に聞かれでもしたら、忽ち連行されブタ箱入りとなるからだ。

「浅草って遠いと思っていたのに、近いんだネェ、すぐあそこの空が燃えてんだもの」

B29の爆音と高射砲の炸裂音は、更に一段と強くなり、焼夷弾の落下する黒い影が雨の降るように見えた。防空壕の入口にしゃがんでいた嫩は、冷えて感覚を失った足をもて余した。ミシンの踏み過ぎで足がむくんでいたのである。パン三個だけで、一椀の味噌汁も付かぬ夕食から、何時間も経った。空腹が押し寄せてきている。足だけ大根のように膨れているのは、どうやら脚気に罹っているらしかった。明日のことはなるようにしかならないのだという思いにも、心配が残るのは朋子のことであった。与四郎は、朋子の支払いを果した様子はなく、一日も早く溜まった費用を持って行かなくてはならなかった。朋子から来たたどたどしい葉書には、皆で防空演習をやったとあった。あの手足の不自由な垂れ流しの子供達を連れ、避難訓練をさせられている哀れな姿を想像した。G県の祖母の勝のこともこんな時は心配になるが、東京よりは安心だと気休めを考えていた。結婚式に出られなかったことを詫びる手紙も来ていたし、正式に古賀に入籍したことで安心したのか、嫩を思う気持も少しずつ見せてくれるようにもなっていた。だが全集のことはかくしている。

夫は最初から、防空壕の一番奥の方へ入って、黙ってしゃがみ込んでいる。大橋がいなくなって、初めて防空壕の中へ入ったのだが、周囲にいる人達に背中を向け、何か話しかけられても、無関心だった。夫が変人という評判は早くから立っているが、さっきから奥さん達は、

「あんなでも、女房を抱く時は男になるのかしら？」

「決っているよ。ああいう男ほどムッツリ何とかと言うのさ」

と、囁いていた。

あけすけに言われることにも馴れてきた嫩は、夫にだけは女達の声が聞えないようにと願った。気がつくと夫は震えていた。寒くて震えているのか、それとも恐怖でなのか分らないが、全身を震わせているのが見えた。夫が意外に気が小さく、非常の際に持ちこたえる力が無いのを思い知らされ、こんな時こそ夫の力を欲しているのに、と肩身のせばまる思いであった。

空の赤みが薄らぎ、空襲警報がようやく解除になった。重そうに腰を浮かせ、一人一人が

〝よっこらしょ〟と、足をさすって防空壕から出た。疲れた暗い顔で三々五々各自の棟に戻り、自分の部屋に帰った。時計を見ると午前三時を指していた。

長い空襲であった。嫩は膨れた足を引き摺り、蒲団にくずおれるように横になると、夫と口を利く気力もなく、暫くはいつものようにじっと天井を見つめていた。鶏の朝の時を告げる声がのどかに聞えると、今までの恐ろしい空襲が何事もなかったように思えるのだった。

13

「浅草の雷門の辺りは死体の山だったよ。黒焦げの死体が積み重なって……」

「川に飛び込んだ人が、膨れてぷかぷか浮いていた。恐ろしい地獄を見てしまったよ」

下町の電車は全部不通となった。浅草界隈に親類、知人のある人々は自転車や徒歩で尋ねて行き、長時間かけた後に帰ってくると、見てきたものの恐ろしさに、興奮しながらも青ざめていた。雷門辺り一帯は見渡す限り、黒焦げの荒野に変ったと言う。焼けトタンを引っ繰り返して、焼け残りの食料や金めのものをほじくり出している罹災者の姿。小学校の庭に臨時の救護所ができ、兵隊の手でむすぶ黒っぽいおむすびの特配をもらうため、寒い風に長蛇の列を成す人々、番のくる途中で、倒れて死ぬ人。……同じ事柄を同じ調子で語りながら恐怖の話は何日も続き、炊事場や廊下では顔を顰《しか》めた女達が、明日とも知れず自分の身にふりかかる光景を予想し、不安に戦いた。

嫩も、さし迫った危険を感じ、実家に身の廻りのものを運んでおこうかと、考えた。「木馬館」と、どちらが安全かは計り知れないが、樹木に囲まれた実家の方が安泰にみえる。洋之介の本棚で読んだ本と、洋之介宛の著者サイン入りの永田荷風「濹東綺譚」等は戦火に焼かれたくなかった。洋之介が嫩のために書いてくれた色紙の類は、実家の風呂敷の中へ預けてあった。念のため与四郎に、防空壕の中へ保管してくれるよう頼みに行きたかったが、もう来るなと言われているのでそれもできない。

日が経つにつれ、東京の下町一帯の空襲が予想を上廻る凄まじいものであることが分かり、焼死者十万人、家を失った者百万人もいるという噂が広まった。新聞の報道は、それ等の悲報を伏せてあるので、実際に見てきた人の話で、推定するのであった。

「父よ、あなたは強かった」と、子供達は片言で共同炊事場で唄い、「勝って来るぞと勇ましく」と、ポンプを汲みながら唄う奥さん達であった。今日もまた向かいの棟の独身男性が、出征した。「残っているのは、女、子供ばっかりになっちゃうネ」「銃後の守りを固めなくてはさあ」等と、艶のない栄養失調の顔で言い合う。皆身体がだるそうだった。

嫩も、空襲の夜以来脚気が高じたのか身体がけだるく、鉛のように重くなり、富子の口癖の、〝よっこらしょ〟と、言わなくては立ち上がれないほどだった。陽の射さない部屋の湿った畳、ミシンの過労と栄養不足、三拍子揃って、脚気はひどくなるばかりである。富子の世話で八百屋の六人の子供の縫い直しの仕事をもらえるのが有難かったが、労多く益の少ない仕事であった。それでも踏まなくてはならないミシンのペダルを、懸命に踏み続けた。夫の安い給料を補うための唯一の収入源なのである。子供のぼろ服の裏返しやモンペの縫い直しは、縫うよりも洗ってほどくまでの手間がかかった。その代償はさつま芋一山分の収入にもならないのであるが、それでも、家計の足しになった。嫩は結婚で務めを辞め、洋裁の内職を始めていた。

「俺が家にいる時はミシン踏むな！」と、夫は叱った。明日までに仕上げる約束のモンペと、子供の半ズボンは、遅れて苦情を言われているので、どうしても仕上げなくてはならない。空襲が続いてもミシンは休めなかった。

「音がやかましくて苛々するよ」

ミシン針の下の縫いかけのモンペを、夫は力を入れて、引き抜こうとした。浅草方面の大空襲の夜以来、連日のように警戒警報や空襲警報がつづき、夫は苛々していた。他人の家の預りものを破かれてはと、慌てて夫の手を止め、嫩はミシンの上に身体ごとかぶさって防いだ。

「今日はミシンを踏むな！」

警戒警報が出て長びく朝は電車も不通で、アパートの男達は家にいた。仲のよい家族は喜んで部屋の中へ入ったままであるが、嫩はうっとうしくて身動きが出来ない。ミシンはせめてものかくれみのだった。夫はそれが気に入らないのだ。夫が家にいる時はせめて夫の機嫌を取ればよいのに、と思う嫩であっても、心のゆとりを失っていた。

ミシンを止め、暗い気持で嫩は夫と向き合った。本当は横になって重い身体や足を楽にしたいのだった。

夫と向き合って座ったものの、いつもの無口さで新聞紙を広げたままである。二人の間には、沢山の話がある筈なのに、向かい合うと黙り込み、やっと見つける話題は与四郎や勝の悪口に繋がってゆく。

嫩の胸の中に蟠《わだかま》ってゆく夫との距離は、浅草の大空襲の夜から更に、遠くなるばかりだった。二人の間には楽しい話題は元より取るに足りない会話も無く、心の通い合うものが何一つ無いのである。アパートの奥さん達の、夫をのろけたり、夜の性の話をする時の眼の輝きは、嫩には遠い彼岸のことであった。努力してみても、精神的にも肉体的にも通じ合うものがなく、こんな毎日では生きている張りも消えかかっていた。無言のまま、たまに一言口を開けば、じわじわとしこりと蟠りを抱えながら、触れてはならない中心部のまわりを、抜き足、差し足で歩いているようなものであった。たまに誘いの来る夜に、白い歯を見せて笑う夫の無気味な顔が、嫩の心を凍りつかせ、溶けようとしない。さし当って夫のあの白い面を剝がすことが根本かも知れないと思い、努力をしなくてはならないと、嫩は深刻に思う。仲よくなりたいと、願う心があるのに、結局は中心部から外され、うやむやのまま季節は移り変っていった。

苦しい毎日の連続であるが、その日の食べ物があって食卓にのせられ、夜は畳の上で眠ることが出来るという最低の生活が維持できれば、それ以上は望まなかった。日本の国民全体が非常事態の中に突入しているのである。贅沢は禁物であった。仮にも戦争反対などと言えば、牢獄入りである。父親、夫、息子を取られ、家を焼かれ、寄る辺ない身となっても、時の権力に不服、非難は許されない。上からの命令通りに生きることで、わずかに自分の命が生き延びられる。物言えば唇寒しで、黙って耐えることにしか弱い個人の護身法は無かった。戦争のさなかで、夫への満ち足りない思いなどは、我慢の中へも入らないことだった。

14

「焼けたよ。ピアノの弦も真っ黒になっている」

夫は投げ出すように言った。夜明けまで続いた空襲の後、不通になったアパートの裏の私鉄の沿線を歩いて、朝早くから夫は、嫩の実家を見に行ったのだ。

昨夜の空襲で、ちょうど嫩の実家の辺りが焼けたらしいことは、赤い空の方向を見て分った。一ヶ月前の浅草の大空襲と似ていたが、近いためか、オーロラのような不自然な明るさの中に、雨のように降る焼夷弾の黒い影が見えた。もし実家が焼けてしまったら、洋之介の遺品の全部を失うことになる。浅草の空襲のあと、少しでも遺品や、遺稿だけはG県の勝の許に疎開させてくれるように与四郎に手紙で頼んだのだが、「わたしのすることに口出しするな」と、葉書が一通来ただけである。この間見た防空壕は食料品の宝の山であり、洋之介の遺品遺稿らしいものは影すらなかった。与四郎に頼んだところで聞き入れられる筈もなく、実家が焼けないことを祈るよりなかった。

　嫩は夫の言葉をすぐには信じられなかった。

「あの辺の家で、一番先に逃げたのは与四郎だったってさ」

　夫は、背中のリュックを、畳へ放り出すと疲労困憊したように言った。怒ったように呼び捨てにしても、どこかに明るいものが見えた。

「奪《と》るのも早いが、逃げるのも早いよ、チョッ！　バチが当たったよ」と、唾を畳の上にところ構わず吐き捨てると、仰向けに寝ころんだ。実家まで歩いて片道三時間余りかかる。帰りには途中の一部分私鉄が開通したらしいが、往復五時間くらいは歩いたらしかった。歩くのが嫌いな夫は、買出しには一度も行ってくれなかったが、今朝は自分から進んで見に行くと言い、リュックを背負って行ったのだった。

「これでお前も家なき子だよ」

　嫩は、夫が皮肉で言うのか、哀れんでくれているのか分からないが、確かだと思うのだった。

「お前にあるのは、困った妹だけじゃないか。消火も忘れて一目散に逃げ出した奴なんかに、どうしておばあさんはあの家を渡したのだ」と、怒る夫の言葉を聞いているうちに、嫩は自分の眼で確かめてきたいと思った。たしかにその通りであるが、いつまでもくどくど言う夫がうるさかった。いわくつきの家であっても、本当に昨夜の空襲で跡形なく焼けてしまったことが、まだ実感にならない。嫩の預けてきた風呂敷包みや、これだけはと思う洋之介の遺品を焼跡から捜し出したい思いに駆られた。

時計を見ると、四時である。急いで行けば今夜中に帰って来られそうだ。防空頭巾を被り、リュックを背負えば、もう仕度もないので水筒を肩に駅へ向かい、電車を待ってみた。警報が出ていなくても、リュックと防空頭巾と水筒は外出時の習慣になっていた。ホームに立つと、まだ全線開通されたわけではないのか、レールの上を歩いている人が沢山いた。嫩も歩き出したが、気がつくと複線の折り返しのある少し大きい駅に来ていて、そこから三駅、電車に乗ることができた。

沿線の家もところどころ焼け、黒焦げの残骸や、焼け出された人達がトタン板の上に何かを拾い集めたり、捜している姿が電車から見えた。あの人達みたいに与四郎夫婦とミサヲは、跡形もなくなった家の跡で捜しものをしているのか？　嫩はさっきからそれを想像していたので、近づくことが恐ろしかった。

夫の言ったように、与四郎がいち早く逃げ出したことは容易に想像された。いかにも与四郎らしいと腹が立つが、その反面、夫の固執する気持にも反撥していた。夫だったら果して火を消し止めてくれるだろうか。洋之介の仕事を尊敬しているふうでもなく、ただ建物ばかりに拘《こだわ》っているのであれば、夫とても、与四郎と変りないのではないか。そんな疑問を持ちながら、駅を降りると、駅前通りの商店の変らない様子に気抜けした。まさか夫が嘘を言ったのでもないだろう。

いつも歩く住宅街の坂道も変りなく、まだ半信半疑で歩いているとふと高圧線の鉄塔がそこだけ間の抜けたように、高く聳えているのに不審を持った。残酷なものが視界に入ったと、感ずるより早く、黒っぽい野原が広がった。嫩は息をのんだ。呆然と棒立ちになった。ここがぁの実家の跡なのか！

真っ黒な焼け焦げの柱が横倒しに地面に堕ち、屋根瓦が崩れ堕ち、井戸の穴にまで瓦が詰まっている。すっかり変り果てた風景が展開されていた。

地続きの隣りの家の奥さんが娘と二人で防空頭巾を眼深く被り、かがんで焼跡から何かを掘り出すように探していたが、「わたしの家も、おたくからの火で焼けました」と、言った。与四郎がいち早く家族と逃げ出してしまったことを、恨めしそうに話し、家の火を消し止めてくれたなら焼けなくて済んだかもしれなかった、と言った。

「ごらんなさい」と指をさされて気がつくと、庭先の一段下がった敷地の家は、無疵のまま残っていて、うすく電灯も灯り、家族が寄り合っている様子が分かった。

「下の家では家中で消し止めたのですよ」と、繰り返し言った。

足元には、夫が言ったようにピアノの弦の焼け焦げた針金が無気味に足に纏わりつき、応接間の辺りなのか、足を動かす度にくっついてくる。

防空壕を捜すと、トタン板二枚を重ね合わせた扉があり、少しずれている隙間からさつま芋と醤油瓶が見える。だがこの間のような食料の山ではなく、瓶も空だし、芋も腐れ芋である。「与四郎さんが、リヤカーで中のもの全部運んでゆきましたよ。立派な防空壕だから無事だった」と、言った。

いかにも与四郎のすることだと、嫩はまた思った。腹は立つが、焼け出されてどこに行ったのか哀れである。

焼け出された与四郎に比べ、まだ焼けない嫩は運が強かったのだと思い、嫩達の身代わりになってくれたのかとさえ、人の良い嫩は思った。嫩には、夫のようにこの家に対する未練もないし、また、家を取られたと腹を立てることもなかった。洋之介の遺品や遺稿類を除けば、いっそすっかり焼けてしまった方が、あっさりして良いと思うところもあった。しかし一方では、洋之介と暮した思い出の家であり、洋之介が自分の設計で建てた自慢の家であるのにという、無念さも拭いがたかった。

嫩は、黒く焼けただれた木材の下から、洋之介の書斎の本棚のあった辺りを捜した。与四郎が片付けてしまったにしても洋之介が死の数日前まで大事にしていた立体眼鏡や、手品のタネ等が残っていないかと思うのだった。本らしいものが柱の下敷になって、無残にも黒い残骸となり、手で引っぱり出して見ると下の方はところどころ、白い頁を残している。それを見ると与四郎に向けた同情の気持が、憤りに変った。わざわざ嫩から取り返した大事な本も、こんな結果になってしまったのだ。洋之介の愛蔵本は防空壕に入れるどころか、丸焼けになって爛れている。屋根裏に押し込んでいた遺品の一つでもよいから、防空壕に入れてくれれば良かったのだ。悔やみきれない口惜しさを覚えた。

嫩は、項垂《うなだ》れてまた私鉄の線路伝いに歩いていた。再び空襲警報が出れば、二本のレールは、薄い月の光で嫩の影と足音をところどころに落していた。前途の無い時代の不安を思い、人は歩くことも禁じられる。重い足を引いて急いで歩く嫩は、今日も命があって生き長らえたというそれだけを実感した。部屋に帰って夫と話し合う話題が、実家の焼けたことに尽きても、ともかくもいまはこのアパートが焼けないで、無事に生きていられることを、救いと思うのであった。

第二章

1

夫との間が、ぎくしゃくしているのは、子供が産れないからであろうと考えた。夫ともそのことを話し合い、戦争も終ったことであるし、子供を産むという考えに話が合った。

夫は、少しずつ明るくなって、会話も交わしてくれるようになった。夫婦の営みの方も、女達の会話にはほど遠いものの、ほっぺたへのマネ事みたいな「接吻」をしてくれて、愛を見せてくれるように、変ってきた。妊娠と分った時からは、栄養のあるものは夫に食べさせ、嫩はさつま芋の芽を取ったあとの味の無いのを食べていたのが、半分ずつに分けてくれるようになって「子供のため」と、言ってくれるようにもなった。

近くの病院で無事出産のあと、手伝いに古賀の母親が来てくれた。運良く二階の陽当りの良い部屋に移れたのだが、共同井戸が階下なので産湯を使わせるのは重労働で、姑の手伝いを有難く受けた。コップ一杯の水を捨てる水場もないので、階下の台所の七輪で炭火を起こし、ヤカンで沸かした湯をバケツに入れて部屋に運び、ゴザの上に用意したタライに湯と水を入れて、赤ん坊を入れ、使った湯をバケツで階下の井戸端へ流すのである。

姑は、よく働いてくれ、こんな時は実母のいない嫩には、ありがたかった。夫は、姑のいる間中、再び元の口を利かない男になって、自分の親だというのに、新聞紙を広げて顔をかくした。「お前も父チャンになったんだね」と姑が言うと、少し顔を出して「うん」と答えるだけだった。

「お通夜みたいで嫌だよ、お前のウチは」と、姑は言った。

嫩は、元気な赤ん坊に千夏と命名し、夫を愛し、明るい家庭を作ることを、懸命に考えていた。

夫の気配を緊張して窺うのでなく、喜んで迎える妻でなくては、ならない。事実、赤ん坊を産むことに決めた時から、夫は「そっちへ行っていいか?」と、自信なく言うのをやめてくれていたのである。自分だけの性でなく、嫩のことも考えてくれるようにも、なっていた。

夫はいつものように背中を向けて眠っていた。嫩との間には、生れたばかりの赤ん坊の千夏が両親の間に川の字に並び、一見平和で平凡な家庭の縮図があった。

煎餅蒲団に親子が寝ている四畳半の枕元は南の窓に面し、西側にも窓のある暖かく明るい角部屋に移れたのは幸運であった。戦争が終って電灯を点《とも》せるようになり、夜も明るい。

入口に二畳のゆとりもあり、朋子を寝かせることもできた。敗戦の翌春、ようやく朋子を引き取ることができたのだ。大家のトメが、嫩に赤ん坊が生れる上に妹が増えるのでは、今までの部屋では無理だからと、運よく空いたB棟の少し広い部屋に移らせてくれたのだった。部屋代もまけてくれ、特別の待遇をしてくれていた。何故か嫩は好意を持たれ、信用されていて、この部屋の希望者の沢山いる中から、優先的に入れて貰えたのである。

嫩は、夫が本当に眠ってはいないことが呼吸の間隔で分った。出産後二十一日経った昨日、手伝いに来てくれた姑が帰って行き、親子水入らずになったばかりだった。夫は、昨夜から裸で寝るようになっていた。出産前は十一月だというのに春のような暖かい日が続いたが、秋も終りの、底冷えする寒さになっていた。姑が帰ったのを合図みたいに、夫は下着もパンツも着けないのである。戦争中ゲートルを巻いて寝ていたための反動か、寒いのに全裸になるのであった。夫は裸を見られることを極端に嫌っているのに、パンツを脱いで寝ることが不思議だった。ただでさえ夫の蒲団は肌の汚れや脂肪がつきやすく、嫩は苦情を言いたかった。嫩は、出産間際に家族の寝具の一切を自分の手で洗い張りして、縫い直したばかりだったが、夜具の裏当てがつけてない。裏当ての生地までは買えなかった。

夜具の隙間から見える裸は、男らしい骨格や筋肉がなく、華奢であった。

嫩は、夫の裸の背中から眼を逸らすと、静かに夜具の衿をたくし上げた。気兼ねな姑が去って、新鮮な夫婦の愛が湧く筈であるのに、嫩は逆に夫の動きを恐れている。今夜あたりこっちへ来るのではないかと、息をつめた。

赤ん坊の眠っている間に少しでも眠っておかないと、次の授乳までに休む間もない。買出しも思うに任せず、闇物資も買えない貧しい生活では、せめて充分に眠ることが乳の出を良くするのに役立つ方法だった。

裸の肌と夜具が触れ合う、乾いた夫の身体の音が聞えた。痩せているのに女のような脂性の背中であるが、肌理《きめ》が荒いのか、ステープル・ファイバーの衿掛の布がひっかかり、ささくれるような音がする。木綿がなくスフと言われる化学布が蒲団地に代用されていた。

「そっちへ行っていいか?」と、夫の小さな声がした。やっぱり、と嫩は暗い気持になった。夫は、眠っていなかったのだ。嫩は緊張した。もうやめてくれると思ったのに眼だけを向けて身体は深々と蒲団の中に置いて、伺いを立ててから、こっちへ来ようとしているのが窺える。

2

「千夏チャン! 愛の結晶チャン! 可愛いお顔してんのネ」と、富子が入って来た。彼女は子供が多いのでB棟に移れたのである。女の赤ん坊を背負い、両脇にも女の子二人を連れて入って来た。嫩がB棟に移ってからも、A棟の奥さん達は日に何度となく来て、世話焼きや、井戸端会議に花を咲かせた。無断で二、三人一緒に入ってくる。「木馬館」では部屋のドアは鍵をかけない習慣だと言われ、誰でも出入りは自由だった。男の子が欲しいのに富子は三人めも女でがっかりしているのだった。「サックが破けて出来たんだもん」と、口癖に言った。「一発で男の子とはお手柄だよ」

「羨しいヨ。ウチじゃ子供が出来ないんで離婚されそうなんだヨ」

顔に痣《あざ》のある隣りの女房は言った。彼女は、一升ビンに入れた米を搗きながら、「赤いリンゴに唇よせて」と「星の流れに身を占って」とが唇から流れない時はなかった。時には米を搗かないで、ビンを持ったまま朝からA棟へ遊びに行ったり、金魚の糞みたいに富子のあとに従いて歩いている。

「どうすれば男の赤ちゃん産めるか、古賀さんに教えてもらうといいよ」

女達は、勝手なことを言っては、嫩の気持に関係なく赤ん坊に顔をくっつけたり、頬ずりするので、嫩は心配だった。風邪や何かの病菌でもうつされないかと、はらはらした。

夫との夜の気まずささえなければ、赤ん坊を無事に産めた喜びと幸福感は、嫩の心を大きく占めていた。嫩は昼間になれば、夜のことは忘れようと、つとめて明るくふるまい、赤ん坊の顔を見て落ち着くのだった。愛の結晶と言われるのは、見当違いであったが、赤ん坊が生れたことで、冷たい夫との仲がこの先少しずつでもうまくゆくのではないかと、期待をかけ、希望をもっていた。思い出すのもつらい過去の、不幸な死児を思うにつけても、現在は晴れて人前で元気な赤ん坊を抱ける幸福をかみしめた。

「お宅、あれ、一体どのくらいなの？　ちっとは言いなよ。毎日かい？」

富子は、いつもの垂れ気味の大きな乳房の胸を恥かし気もなくはだけ、黒ずんだ乳首を自分の赤ん坊の口に持っていった。この女の楽しみは夫婦の性生活以外にないようだった。千夏より一と月早く生れた赤ん坊の顔は、ひどく大きく見え、蕈《きのこ》を食べて大きくなった手足を家からはみ出さしている、「不思議の国のアリス」のようであった。

「ねえ、言ったって良いだろう！」

B棟の古参者も、富子にならい、しつこく知りたがる。朝に夕に顔を合わせるので、自然に富子とはつき合うようになっていたが、性の追及には辟易した。ミシンの仕事も、富子の顔の広いお蔭で、魚屋から八百屋、米屋まで世話してもらえたので助かっているのだが、誰にも夫との性のことは言いたくなかった。それとこれは別のことである。

「毎日だよ」素っ頓狂な声で朋子が言った。さっきから入口の二畳で行儀悪く両足を大きく広げて、こっちの話を聞いていたのである。朋子は何を言い出すか分からない。朋子を引き取るためには、与四郎が一銭も払わなかった養護費を用意しなくてはならないので、ミシンの内職を一軒でも多く励まなければならず、富子のお蔭を蒙ることが大きかった。施設の暮しに馴れた朋子は、どんなに教えても無責任なお喋りと、行儀の悪さが直らない。あまり繰り返し注意すると、「こんなところいやだ」と、夫と同じことを言ったり、夜中に起きて特配の産婦用バターを全部舐めてしまったりする。留守番程度の役にも立たず、何一つ手助けにならないばかりか、時々襖の隙間から覗いている気配のある時など、嫩は妹ながら無気味だった。アパートの奥さん達と喋るのが異常なほど好きで、一日中あっちこっちの部屋に入り込んではお喋りに熱中する。奥さん達は、朋子の平常人とは異る様子を一応知ってはいても、嫩夫婦の内実を知りたい好奇心で、根掘り葉掘り聞くのである。朋子は奥さん達に姉夫婦の夜の話をしてさえいれば相手にしてもらえることを知り、誘導尋問されては自分で作りあげた話を面白おかしく喋る。嫩は、いちいち弁解するのも煩わしかった。

「ふーん、やっぱしそうだったのか」と、富子は、うれしそうに言った。

「毎晩じゃサック代も大変だよ。やっぱし汲取屋が言った通りだったじゃないか」

富子は、扁桃腺も見えるほどの大口を開けて笑った。まったく見当外れであるし、サックを使ったこともない。だが、今度から夫にサックを使ってもらいたいと思った。

「そりゃそうと、あたし達今日は、便所掃除の日だよ」と、富子は真面目な顔になった。

B棟の二階の部屋に移って来て、一番大変なのは、便所掃除の当番だった。長い竹竿を黒くて深い穴に差し込み、上下に突きながら水を流し、途中に詰まった大便や新聞紙の固まりの頑固なのをストンと無事下へ突き落とすまでの大仕事だった。

二階の人の使用が多いからパイプを詰まらせるということで、月一回大掃除をする。長時間かかるので、嫩は赤ん坊の入浴を済ませたあと、寝かしつけてから始めることにしていた。せっかく洗った手を不潔にしてしまうのは嫌だったが、戦争中の真っ暗な家や空襲警報のサイレンを思えば、何でもなかった。

嫩は七輪に新聞紙を軽く丸め、マッチを点けた。うまく火が点かないと、当番に間に合わない。新聞紙が燃える瞬間を狙って用意した薪を乗せ、団扇でパタパタあおぐ。口火には落とし炭を使った。ガスのない暮しにも慣れ、手つきもうまくなっていた。煙が籠もらないで、うまく燃えてくれればよいが、夕方など煙だらけになると、夫が井戸端へ叱りに来るので背中の赤ん坊が泣き出し、煙と両方に責められて、赤ん坊が可哀想だった。赤ん坊は敏感で、夫が怒るとすぐ泣き出した。

薪がなんとか燃え出してくれたので、富子の大ヤカンを借りて乗せ、湯が沸く間、部屋の掃除を済ませておかなくてはならない。千夏を背負ってハタキをかけていると、

「さっきのつづきのあのこと、くわしく聞かせておくれよ」と、富子がニヤニヤしてまた入って来た。「卑怯だよ、逃げてばっかりじゃ。逃がさないからネ」と、ハタキを引ったくって取り上げた。ボロ布を裂いて束ねた重たいハタキである。足元を見ると裸足《はだし》である。固そうな反り返った親指の爪の先に黒い垢がたまっている。形の悪い指だ。

「いいじゃないか。法律も認めた夫婦なんだから。よその亭主とやってんじゃないし」

「……」

「教養のある人は、インケンなんだネ。でも人間〝あれ〟が根本なんだよ。マッカーサー元帥だって、女の自由レンアイを認めたんだし、天皇陛下だって夜は〝あれ〟してるんだよ。フフ」

富子の言う理《ことわり》はたしかと思っても、嫩は答えられなかった。困って富子の足の反り返った爪先ばかり見ていた。

「あんた、たまには政治的なむずかしいこと言うんだネ」と、三枝子が大きなお尻を振って入って来た。戦地から無事に帰った三枝子の夫の大橋は、出勤前廊下で女房の大きなお尻に抱きついてみせる。戦争が終ると、人が違ったように柔らかくなった。彼女は、夫に抱きつかれるのが、得意であった。顔のつやつやした輝きは夫婦の仲のよさと、倖せを示していた。両親と入れ替えて、B棟に移ったのである。

「教養ある人はインケンだって言ったところだよ」

「あら！　古賀さんが教養あんの？　悪いけど物識《し》りのウチなんか戦争から帰って、ますますお盛んよ」と、結婚して自信を得たように三枝子が輝いた顔で自慢した。

「お盛んなのは、ウチも同じだよ」と、富子が負けずに言った。

「ウチはだめなのよ……」と、嫩は小さく言った。

「だって毎日やってんだろ？　どんなに良いんだかチイとも話さないんだからインケンだよオ」

「ウチなんか、朝っぱらから廊下で抱きつくんだから困るわ」と、三枝子が小鼻をふくらませた。

「ごちそうさん！」と、富子がさすがに聞き飽きた顔で言う。一見、神経質に見えても無神経なところのある三枝子は、自慢のお尻をなぜながら、夫の大橋が軍隊で経験したという兵隊の性の話を始めた。話の果ては、自分達の自慢であった。我慢と不自由を強いられた戦争中の分の埋め合わせに、女房の自分を激しく愛してくれると言うのろけが、オチなのである。いつも聞かされるので、耳に胼胝《たこ》が出来るほどだった。富子は何遍も聞き役になっていたので、さすがにまたかという薄笑いを顔に露わに出していた。

「古賀さん、ヤカンが吹いているよ」と、井戸端から声がかかったのを幸い、嫩は急いで立ち上がると、二人も「やっこらしょ」と、言って帰ってくれた。

便所当番の始まる前に、準備しておかなくてはならない仕事があるのを、二人とも忘れていたらしい。主婦達の猥談は、朝から始まり、終るところがなく、夕方夫が帰って来て、初めて小一日も経ってしまったことを知るのも珍しくなかった。

ヤカンに水を差し、中断された掃除をすませた後は、赤ん坊を湯に入れる大仕事が待っている。便所当番の時に、何故かいつもより断りもなく奥さん達に踏み込まれるのは、迷惑この上なかった。夫は帰ってくると、食事の仕度が出来てないと叱り散らすし、朋子は姉のてんてこ舞いの弱味に便乗して、蠅帳《はいちょう》にあるものを手当り次第食べるし、生活の秩序が狂ってしまうのだった。

3

「エリ子の奴、スリッパ引っ込めて居留守つかっているよ。ゆんべアメ公咥《くわ》えてきたのを確かに見たんだよ、図々しいヨ」富子が竹竿を突っつきながら言った。便所当番に出て来ないエリ子に非難が集まっていた。

「チョコレートやガム食べられて、ナイロンストッキングも穿いて、ひらひらしたナイロンスリップを着られるしサ」

「天皇陛下の終戦のお言葉を聞いた時は、もったいなくて泣いたくせに」

「いま泣いたカラスがもう笑ったのさ」

便所の毀れている扉を押さえて竹竿の成りゆきを眺めながら、噂話の口火切りは三枝子だった。恰好だけは働き者に見えても、こんな時少しも働かない。

「病気をうつされて子供も産めない身体になっても、ナイロン製のパリッとした洋服が着たいかネエ」

「そういえば、この間便所に英語のレッテルの薬壜が捨ててあったたよ。エリ子のあとは気をつけなよ。うつされるよ」

便所当番の女達は、一番の大仕事を富子と嫩に任せ、あとはお喋りに興じていた。

エリ子は看護婦だったが、敗戦と同時に進駐軍の男を連れて来ては、部屋の中でこっそり商売していたらしいので、噂の的だった。それでも足が長く恰好よい進駐軍が来るともの珍しく、アパートの女達は遠慮もなく覗きに集まり、「ふうん、敵のアメチャンながらステキ」と、囁き合う。くたびれ切った栄養失調の日本の男を見馴れた眼には、金髪に良く似合う戦闘帽や、形よく切れ上る長い足がまばゆいばかりだった。昨日までは敵国の人間であったことなど考える余裕もなく、生れて初めて見るアメリカ人が物珍しく、惚れ惚れと見入る。全身生き生きと躍動している兵隊の姿には、嫩も心動かされずにいられない。進駐軍と夫を比べるわけではなくても、嫩は自分の中に二人の自分が動いているのを感ぜずにいられなかった。進駐軍を見ると、封印されていた青春が呼び戻されるようであるし、夫を見ると、自分はもう死んだ女なのだと、諦め切れないものが渦巻いた。

　富子に代わって嫩が竹竿を突いたが、竿の先が穴のパイプの中へ入らずに途中でつかえ、引っ張り出した瞬間竿が天井に閊《つ》っかえ、天井に穴をあけるところだった。いまにも落ちそうな天井でも、トメは大事にしていた。

「見ちゃいられないよ、ホレお貸しよ」と、富子に言われ、またバケツの水汲みに階下へ走る。不器用で要領が悪いので、誰よりも働こうとするのに認められなかった。

　三枝子は、碌に水も汲まないし竹竿も持たないのに、恰好だけは甲斐甲斐しい。その甲斐甲斐しさも、夫との性に満足しているからのように嫩には見えるのだった。

嫩は戦争が終ったというのに、普段は勿論、外出する時も、お尻のだぶだぶの、汚れ切ったモンペを穿き、髪は富子と大差ないザンバラ髪であった。働く時は手拭を鉢巻にして締めている。せめて夫の留守中は手持ちのスフのスカートを穿きたいと思っても、肌や足を出すことを夫に禁じられていて躊躇《ためら》われた。留守に一度スカートを穿いたのを朋子に告げ口され、夫に非国民と言われたことが身に沁みていたのだ。夫は、まるで戦争中の警官みたいに嫩を監視していた。エリ子が早や早やとナイロンストッキングの足を見せ、颯爽《さっそう》と歩いているのを見て蔑み、「お前もパンパンになりたいのか」と、怒った。

バケツの水を十杯から二十杯流し、更に十杯流しても、つかえた頑固な部分は、溶ける気配もない。嫩はこの間の晩、穴の中へボロ手拭を落としたので心配だった。

「誰だい？　こんなにつまらせて……」と、富子が言った。嫩は、さっき竹竿を突いた時、手拭ではないと、確認していた。

「よく買出しにゆく人よ」と、三枝子が答えた。自分が一番よく行くので、要領良く先手を打ったのだが、彼女に向けて誰も批難はしない。三枝子の夫は大家のトメと以前にもまして昵懇《じっこん》で「木馬館」のボスだからだ。代わりに夫婦で買出しによく行く人のところや、闇の物資が豊かに入手出来る人のところへ眼が集まる。豊かといっても知れているのに、互いに羨望の方が大きかった。嫩は助かった。誰の眼も集まらないのは、買出しに夫の協力が一度もないので、女手一つでは微々たるものであるからだった。

「トメさんを呼んで来るしかないよ」

富子は、遂に弱音を吐いた。力のある彼女が駄目なら、もうお手上げだった。

あちこちの部屋では、子供や赤ん坊が待ちくたびれて泣き出している。千夏も泣いているのだが、行ってやることはできない。充分に石鹼で手を洗い、掃除用のモンペを脱がなくてはならないのだった。

「竹竿を折らないでくださいよ」

湯気の立つ大ヤカンを下げてトメが来た。バケツに移すと一気に穴めがけて流した。パイプから白い蒸気が立つと同時にドスン！　という大音が聞えた。めでたく落下したのだ。「ばんざあい」と、皆の歓声が挙がる。嫩も小さくばんざいと、言った。

大仕事のあとは、今夜は何にするかの井戸端会議となった。毎日の事ながら嫩は気が滅入るのだ。女達と連れ立って買物に出ても、お金がなく、ろくに物を買わない嫩は不思議がられ、遠慮のない富子に、「おたく、何を食べているの」と、聞かれることもあった。

嫩は、おかずがないので、廊下で炊事せず、部屋に七輪を持ち込み、こっそりと実なしスイトンやうどんを作る。野菜のこま切れさえ無い一杯が大方である。夕方、日の暮れを待って裏の大根畑に捨ててある疵の大根や、畦道に落ちている腐れ葱やカブの葉っぱを拾い、人のいない井戸端へこっそりと駆けこみ、洗って鍋の中へ落とすこともある。朋子にはヒマワリの種や南瓜《かぼちゃ》の種をから炒りしてお八つに食べさせた。ごくたまに、ミシンのお礼で人並みに食物を買い、手に入れたこま切れ肉や、魚は夫に食べさせた。夫が残した骨のまわりと、はらわたや皮を朋子が漁る。朋子の大食にも閉口していた。

4

千夏をタライのお湯に入れ寝かせたあと、共同井戸端でいつものようにたまったおむつや洗濯物を洗い、二階の窓に干し終えた後、八百屋の長い行列で胡瓜を一本求め、次の駅まで歩いて赤ん坊の特配のミルクを一時間も並んで買い、台所で七輪を起していると夫の帰宅時間近くなった。今日も一日が目の廻る忙しさだった。階段の上り下りに奔走した疲れが出て、嫩は食事の後片付けを中途のままうたた寝してしまい、千夏の泣き声にもなかなか眼が醒めなかった。夫は決しておむつを替えたり、抱いてあやしたりはしてくれない。赤ん坊に触るのは、男の恥と言った。

「シャーラップ!」と、叫ぶ夫の声で眼が醒めた。「俺は絶対帝国大学を受けるのだ! 英文科だ」眠い眼をこすりこすり起きて、千夏に母乳を飲ませようとしている嫩に、机を敲いて言った。

「聞えないのか!」

夫は読んでいた本をミシンの足元に敲きつけた。表紙が破れて飛んだ。嫩にとってミシンは大切な道具なのを分っている筈だった。千夏を畳へ寝かせて、壊れてないかとしらべている嫩の背中へ、別の本が飛んで来た。夫はこのごろ癇癪《かんしやく》を起すのが頻繁になり、感情が激しく、物に当り、英語で怒り出す。「こんな女に誰がした」と、隣りの痣のある女が、わざとのように音痴だが感情こめて唄っているのが聞える。

日頃夫は、貧しく名もない親の子に生れたことと、学歴への劣等感を根に、恨み事を強く嫩に訴えていた。挙句には、「良家の娘のお前に俺の出生の恨みを仕返ししてやる」と、言う始末だ。「仕返しのために結婚したのだ」とも言った。片寄った考えを持つ夫に、できるなら不満を解消してあげたい気持を、嫩は持っていた。朋子を引き取る交換条件に、大学へ入ると前から言っていたので、夫の気持は分っていたが、突然突きつけるように言われては、困る。急がねばならぬ事情があるなら暴力でなく、静かに説明してほしいと、嫩は思った。

朋子を引き取るに際して、与四郎のためていた養護費を払って出費がかさんだ上に、いままた更に夫の学費の捻出など嫩の力では叶えられなかった。夫の給料が半月で足りなくなるのを、嫩がおぎなっているのだ。

洋裁の内職がかなり増えていて、夫の給料の半分以上も稼げるようになっていたのだが、もう限界だった。これ以上は身体が保たない。研究所が閉鎖になってから進駐軍の通訳の仕事をしていたが、気遣いが多いわりに、給料も低い。時たま無料で特配されるタバコや石鹼、安い缶詰類が物々交換に役立つので、僅かの潤いがあるだけだった。特にタバコは有難い収入源だった。

嫩は、夫の通訳という仕事の内容を尋ねようともしなかった。夫の苦労にも同情がなく、時折見せるアメリカ人特有の身振り所作が、小柄な夫には不似合であった。

充分に乳が出ないため、赤ん坊がむずかり、嫩の乳房からいつまでも離れようとしない。早く飲ませて寝かしつけなければ嫩の方が先に眠ってしまうほど疲れていた。これ以上の内職は無理なのだ。過敏な体質なのか、心配ごとがあるとすぐに響き、乳の出が止まる。富子などは全く逆で、出過ぎて困るという。時には、千夏が飲ませてもらうほどであった。嫩はミシンを踏み過ぎると正直に出が涸れるのだ。千夏は乳首を歯の生えていない歯ぐきで噛み、左右に首を振って泣いた。出ないので力いっぱい噛み切るばかりに痼癪を起している。乳の代りに血が出る時もある。朋子がクシャミを始めた。

「シャーラップ!」夫は両手を拡げ肩を上げて大きな声を出した。進駐軍に勤めてから身についたおかしな癖の中でも、特に嫩の気にさわる癖だった。朋子のクシャミは一度出始めると止まらない。

「やかましい!」夫は、ミシンに何度も本をぶつけた。

クシャミは、際限なく続き、それが夫の不機嫌をいっそう助長させた。鼻の粘膜が弱いのか朋子のクシャミは、嫩も辟易するほどひどいのだが、夫に指摘されると可哀想だった。

「夫が何をしているのか見えないのか!」

産婦特配のミルクを捜している嫩の背後から、文鎮で自分の机を敲いて、嫩の注意を呼んでいる。夫の机は茶ダンスの前なのである。半年前から毎晩机で夜遅くまで本を読んでいたが、大学入学のための下準備だったのかと、嫩は今、気がついた。

特配のミルクは捜しても見つからない。また朋子が舐めてしまったのであろう。仕方なく富子にミルクを貸してもらい、暖めるために台所へゆき、七輪に新聞紙を丸め焚火を起して戻ると、背後から文鎮が嫩の足元へ飛んで来た。

嫩は、恐る恐る夫を振り返った。

「なんだその顔は！」嫩は無意識のうちに、夫を恐ろし気に見たのかもしれない。

「俺は帝大へ一番で入ってみせるぞ！」

嫩は、夫の投げつけた文鎮を拾いながら途方に暮れた。悪いことではないのでお金さえあれば協力したいのに、夫の言葉がいまは暴力としか聞えない。給料では月の半分も暮してゆけないのを知っている筈である。

千夏は泣き出している。七輪の火が起きて、やっと黒っぽいミルクの暖めたのを哺乳瓶で飲ませた。千夏は舌ざわりのかたいゴムの乳首を嫌がり、噎《む》せながらも何とか無事に飲み終るまで、時間がかかる。

「今頃、何故帝大へ入るのか分からないわ！」と、嫩は千夏がミルクを飲み終えると言った。優しく言うつもりなのに、出た言葉は冷たかった。

「俺を一生アメ公の尻の下に敷かせておいてもよいと言うのか！」夫は進駐軍という言葉を使うことを、極端に嫌っている。嫩もなるべく使わないでいた。夫が進駐軍と言わずにアメ公と呼ぶのも嫌いだった。

「……」

「あんな下劣な奴らの……。お前はあいつらのろくでなしぶりを知っているのか！」噂では、買出し帰りの女達をジープへ誘い暴行したり、騙して殺したりすることがあるらしいが、現実には知らなかった。

嫩は、自意識の強い夫の気持の中に、背が高く足の長い兵隊への強い嫉妬があるのに気づいていたが、進駐軍に仕えるみじめさなどは実感として覚えなかった。

「答えろ！　答えてみろ！」

夫の顔が血の気を失い、蒼白になってゆくのが、顔を見なくても分かる。答えろといっても何を答えればよいのか。嫩にとって進駐軍の兵士は、敵という憎悪もないし、生き生きしているのを見るとむしろ新鮮さの方が多いくらいなのだ。

「俺はアメ公に小学生に見られたんだぞ！」夫は顔を硬らせて言うなり、急に立ち上がった。嫩は怖れた。夫が自分で背丈のことを言うのは、初めてだった。また暴力をふるわれる、と覚悟した。しかし夫は暴力でなく、例の白い歯を見せた能面の笑い顔を作った。「リッスン・ユウ・ホワット・アイ・テル・ユー」と、何を思ったのか次の瞬間足首を外側に開き、膝を曲げ、チンパンジーのような恰好をして見せながら、部屋の中をぐるぐると歩いた。手が短いので手の長いチンパンジーのひょうきんさが出ない代わりに、足の短い類人猿みたいで、惨めだった。眼を伏せていても夫は続けた。部屋は千夏の小さな蒲団でいっぱいなので、蒲団の上を踏んで歩き、襖を開けて朋子の蒲団の上も踏んづけて歩いた。「アイム・ゴーイング・トゥ・ユニバースティ」と英語を連発する。「お前の自由にはならないぞ」「俺は大学へ入るのだ」と、言うことらしい。こんなことをされるくらいなら、いつもの暴力の方がいっそ気が楽で怖くないと思った。無気味な思いで身を固くしていると、夫は興に乗ったように今度は背中を曲げ、ノートルダムのせむし男さながらに、膝を曲げ、子供の背丈になってみせる。嫩は無理に、面白いハプニングショーを見せてもらうという顔を作っていたが、もう無理も限界だった。夫の作った笑い顔よりも更に固まった顔になっているのが我ながら分る。〈ショー〉の合間に入れる正確な発音の英語の連発は聞くに耐えなかった。夫は日本人的な発音は絶対にしない。

「お前は、夫をチンパンジーにさせておいてもよいと言うのか！」

夫は、身体を伸ばすとようやく日本語で言った。眼がすわっている。夫の眼は左右の形が違っていた。右が深い二重なのに左の眼は無表情で、一重のせいか特に冷たく見える。嫩は、自分の震えている膝を両手で押さえた。

「電信柱みたいな大きい奴等が悪いのだ！」と、夫は再び更に背中を丸めてみせた。

夫が自分から固いタブーを破った上に、小学生に見られたとまで言うのは、余程の鬱屈が爆発したのに違いない。アメリカ人特有の明るさで若く見えるという世辞かも知れないのに夫の劣等感を逆に煽ったのだろう。夫の嫌いな「アメ公」を一日中見上げ、見下ろされての仕事であり、敗戦国の屈辱を一身に引き受けたほどにも、惨憺たる思いになるのであろうか。嫩が単純に外見を見て憧れているのとは、百八十度の違いがある。夫が、毎日屈辱に耐えて勤めていることを、嫩は今日まで察しなかった。大学卒ということで屈辱感から解放されると考えている夫には、大学行きがのっぴきならない早急の問題なのだと、嫩は思った。小学生に見られたことは、それだけ若く見られたのだからと、夫を引き立てようとしても、唇が凍りついてしまい、声が出なかった。

5

「古賀さん！　お客が来たよ」と、富子が玄関の方で呼んだ。洗濯物をいっぱい抱えた嫩が、階下の炊事場に下りた時だった。B棟の玄関は共同炊事場の反対側にあって、一度また階段を上がって廊下に出てから、入口の階段を下りる。嫌でも廊下で客と顔が合うのだ。こんなところへ客など、一体誰だろう、と嫩は不審に思った。みすぼらしい身なりで人に会いたくない。このアパートへ来てから客が来たのは、戦争中、洋之介の本を取り返しに与四郎が来た時と、夫の親友のM男が来た時だけであった。

「アンタに話があるんだってサ」

富子は、「木馬館」の門番みたいな役を好んで引き受け、来客はすべて取り次いでいたが、本人の来る前に来客と親しい口の利き方をし、笑い合ったりするので、出て行きにくい。

「渡したいものがあんだってさ。上がってもらったっていいじゃないか」と、富子の誘導で男は嫩の部屋に入ってしまった。朋子はヒマワリの種を齧《かじ》り散らしたまま、両足を大きく拡げ、顔を股の間に入れる恰好でしゃがんでいる。どんなに叱ってもこの恰好をやめない。朋子の困った癖の中でもこの癖だけは特に始末が悪い。客をじろじろと眺めている朋子に驚きながら、「実は……」と、男は切り出した。嫩の前に名刺が出され、見ると「乙書房」と、刷ってある。

戦争が終り、〝言論の自由〟〝性の解放〟となって、統制時代の反動で、ざら紙の夫婦雑誌やカストリ雑誌が書店の店頭に氾濫し、女が乳房をまる出しにしたり、男女の顔を合わせた接吻の場面が売りものの露骨な雑誌が、急増している。乙書房がその種の雑誌社であることは、世間知らずの嫩も勘で分かった。果して男は、古ぼけた軍隊用の肩下げ鞄のような物の中から、腹部に盲腸の疵跡のあるパンツ一枚、上半身裸の女が表紙の雑誌を取り出し、嫩の前に差し出した。

世間に無知な嫩の様子と、貧しいアパートの暮しに、今日の用向きは簡単に済み、しかも恩に着せて引き上げられると、露骨に男の顔の表情に現れていた。

「何なのさ。早く見ちゃいなよ」と、富子はもどかしそうに嫩に頁を繰らせようとした。

「実は、与四郎さんにこれをお届けする筈でしたが、家が分らなかったので」と、男は言った。家が分らないというのは、焼けて様子が分らないためだろうと思いながら、嫩は思い切って雑誌を手に取った。見開きの片面はグラビアになっていて、「恋を愛する」と、洋之介の詩の題が改悪され、大きく印刷されていた。上の方に「内藤洋之介『女』」と、あった。隣り頁の、男女の裸体が品悪く絡み合っている写真が眼にとび込んだ。息をつめて見ると、煽情的な雑誌が町にはびこっても、嫩は書店で頁を開いて見たこともなかった。息をつめて見ると、表紙と同じモデルの、乳房と盲腸の疵口のところに、洋之介の詩が印刷されていた。しかも詩の一部は、洋之介の嫌っていた軽薄な言葉に直されている。

「これは？　どうしたのですか」

嫩は聞いた。男は嫩の驚いた様子に意外という顔を見せた。

「ご遺族の与四郎さんに話済みで、許可も取ってあるのですが、何か？」と、居直ったように言うと、封筒に入ったものを恩着せがましく、ささくれた畳の上に差出し、「受領証に印を……」と、言った。与四郎をご遺族と殊更言い、著作権者が与四郎であることを誇張しているように、感じられた。

「お返しします」

嫩は、突っけんどんに言った。こんなひどいことは許せない。いかにも与四郎のしたことらしいと、嫩は腹が立った。普段、何も言えない嫩も、いざとなると少しぐらいは言えるところがある。与四郎が家を焼け出されたのは気の毒だが、洋之介の作品に泥を塗るこんなことをされては、放っておけない、と思った。男は、嫩の態度に不満な顔で、

「本来は、与四郎さんにお届けする筈でした。あなたのところへまで来なくても構わないのですが、随分探して来たのですヨ」と、言う。乙書房から見れば、こんな時代にわざわざ遺族に礼などを持って来るということは、よほど良心的なことであろう。無断で出しても著作権の行方など穿鑿《せんさく》しない、混乱した時代であった。雑誌を置いて帰る時に、まださっきの恰好でうずくまっている朋子に、わざわざ「さよなら」と、声を掛けたのも、親切の一つなのか。

「いくら入っていたのか。見ればよかったよ」と、富子は袋を受け取らなかったのを残念がった。彼女も朋子みたいに足を投げ出している。

「ふうん。アンタンチ、複雑なんだネ。お父さんが偉いと聞いていたけど、お父さんの書いたものアンタに権利が無いのかネエ」と、しんみり言った。

「夫の戸籍に入っているので、ないのよ……」

「あたしなんか、おばあちゃんっ子で可愛がられたし、叔父さん叔母さん達も田舎から食べもの送って来てくれるし、赤ん坊が生れるたんびにおむつや晒し木綿なんかも送ってくれてさあ」

「……」

「アンタンチご大家だというのに、だんなのお母さんがお産の時に来たきりでさ。こんなに貧

乏してんのにさ。あれもらえば助かったじゃないか。闇のミルクが買えるじゃないか」と、富子は何度も無念そうに言った。配給のミルクを朋子に舐められる度に、富子に貸してもらっているのである。貸してもらっても、不足分はたまりにたまり、一缶でも闇のミルクが買えれば返せるのだったが。

富子は、解せない顔で、よっこらしょとだぶだぶのモンペの腰を持ち上げた。他人の家の事情を根ほり葉ほり聞くのは日常なのである。嫩も洗濯物を抱え階下へゆき、おむつの汚れをドブ川に流しながら、あのお金を文句なしに受取れるものなら、どんなにか助かるだろうにと、思うのだった。貧しく、苦しくてもあんな形で汚されたお金などはもらえなかった。父親を担保に悪銭を稼ぐのと同じである。与四郎の堕ちた精神が、ドブ川のような不潔なものに思えてくるのだった。ドブには糸ミミズが増え、誰かが血を流したような赤さで固まっていた。

「星の流れに身を占って、どこをねぐらの今日の宿」富子は、やけっぱちの感じで唄い出した。夫の嫌いな唄だった。「荒《す》さむ心でいるのじゃないが、泣けて涙も枯れ果てた」おむつを洗い流している嫩も、つられて小さく唄った。こんな時代に、世にすねて生きる女の気持を唄った唄に、嫩は共感するものがあった。もう、どうなってもかまわないと、投げたところが嫩の中にもあるし、その投げやりが、どうにもならない世の中に生きる女達の救いになるのか、「木馬館」の女達にも流行していた。

6

「何だその顔は！　クライスト・オールマイティ・ユー・ルック・ライク・ア・ホア」と、夫は帰るなり両手を広げて言った。夫の正確な発音の英語の乱発はますますひどくなっていた。初めは怒った時に使ったのが、最近は食事の仕度をしている時や、夜寝る前にも突然使った。不機嫌が日毎に募り、帝大へ入るための準備はもうできている筈だ、と嫩に英語で迫った。今日嫩は口紅をつけていた。

乙書房の男が帰ったあと、あまりに嫩の顔色が悪いからと、エリ子が、進駐軍にもらった口紅を一本くれたのだった。アメリカ製の口紅など勿体なくてつけられなかったので、娘時代こっそりとつけた口紅の残りが、姫鏡台の奥にしまってあったのを思い出してうすくつけてみた。戦争が終って、アパートでいち早く口紅をつけて化粧をしたのは、女学生で学生結婚をしたアケミで、彼女は、十七歳で千夏と一日違いの男の赤ん坊を産んでいた。A棟の、嫩の出た後の部屋に入った若夫婦である。夫は、アケミの口紅をドクダミだと言った。女が化粧することを極端に嫌う。

「パンパンみたいに口紅なんかつけやがって……男が来る時には口紅をつけるのか」

「……」

「それともあの不良少女の真似か」と、アケミを引き合いに出して言った。

「ちがいます！」

嫩は、見当外れの夫に言った。男が来るとは、何という侮辱と思った。このごろは黙って負けてばかりはいない。

「ちがうなら、どこがちがうか言ってみろ。お前という女は、見ず知らずの男を家に入り込ませ、べたべたしやがって……」

夫の英語は「娼婦《パンパン》みたいな顔をしている」と、言う意味だった。乙書房の男のことを指しているのだと、気がついた。多分朋子が夫の誘導尋問に出鱈目を喋ったのであろう。乙書房の来たことは夫に話してあった。

「お菓子買ってくれ」と、突然、朋子が、例の両股を大きく開いた恰好で嫩に命令した。口のまわりにヒマワリの種の滓《かす》を一杯くっつけている。朋子が男の口を利く時は、嫩を敵に廻して夫を味方にしようとする時である。

「お金もらったじゃないか！　べたべたして」

朋子は調子に乗ってきた。

「パンパンみたいに金もらって、よくもいちゃいちゃ出来たもんだよ」と、夫が言った。

「富子さんも傍にいたのです。本当のこと聞いて下さい」

と、嫩は言った。

不機嫌な夫から見当外れの言葉を浴びせられていると、帝国大学は無理でも夫の希望通りに、どこかの大学へ入れさせてあげたいという思いが薄れてきた。今更大学へ入り、資格を取り、「大学卒」というレッテルを貼ったところで、生活と何の関りがあるのかと疑問に思った。夫が、学歴への劣等感と、嫩へのおかしな嫉妬心をなくしてくれない限り、振り向きたくもない。病的なほどの嫉妬と嫌がらせを癒してくれることの方が先決問題だ。

嫩は、腹を立てながら鏡の前に座り、口紅を落とした。つけたという程でもなく、ほんのりと赤みのさした唇でも、夫にはパンパンを連想させるのか。元の血の気のない唇になると、まだ二十代半ばだというのに老女のような疲れた顔になった。

「やあい、お化け！」

朋子は、まだ図に乗っている。生理中なのだ。こんな時朋子を叱り、興奮させることは、かえって危険であった。幼時の熱病が原因で薄弱児になった場合は、精神病ではないといっても、扱い方一つではどちらへも転ぶ可能性がある。紙一重で変る危険を常に孕んでいた。良い方へは決して向かないのが、この病気の特徴である。扱いに困る妹を持ったのは宿命と思い、嫩は、耐えることを自分に言い聞かせていた。

夫はいやがらせの後、厚みのない膝で大きく胡座をかき、いつもの新聞紙を顔の前一杯に広げて読む姿勢に戻ると、あとは石のように無言だった。新聞紙の中で化石になったようだ。窓のガラス戸に夫の変り映えしない身体と大きな新聞紙が映っている。ガラスをよく拭いたので、はっきり映るのは皮肉だった。新聞紙から少しはみ出した、組んだ胡座の足が小児ほどに短く見える。

夫の身体の矮小さは、夫が怒り始めると、一層目についてくる。こんな時代に酒もタバコも決して嗜まない夫に、感謝しているのに、その一方で男くささを感じられない不満があった。洋之介みたいに細長い五本の指先で紫煙をくゆらせ、また晩酌したりするのが、嫩の抱く男というもののイメージで、それは無理で勝手と分っていても、夫が一人前の男には映らないのである。夫は嫩の冷たい視線に敏感に反応すると居丈高になり、高飛車に出ることで威厳を保とうとする。

「チェッ！　恋だの愛だの、お前の父親は、そんなことしか考えていなかったのか」と、急に、おかしなことを言い出した。乙書房の置いていった雑誌を見たのだろう。「お前の父親」という言葉に嫩は不快な思いが込み上げてきて別の言い方がある筈だと思った。

「人間はな、一番大事なのは、精神で生きることなんだ」

夫の言葉には当てつけと押しつけがましさがある。夜の生活の言いわけでもある。精神で生きるとは、夜の不満を言うなということなのだろう。精神で生きているからこそ、嫩は不満など一度も口にしたことはなかったのだ。しかし夫婦であれば肉体の満足が伴って、より自然に愛の感情が定着していくのではないか。

「女々しい詩なんか、男の仕事じゃない」

嫩はいよいよ冷えてゆく気持であった。夫は文学なら何でも質問してみろ、教えてやるから、と言い、その気になれば小説家になれる才能も持っていると自慢するが、洋之介の詩の一つも分かろうとしていないではないか。夕飯の仕度のために黙って階下へ下りて行った。

7

夫は、先にどんどん歩いてゆく。T県の夫の実家は駅から何里歩くのか、遠かった。夫の両親に大きくなった千夏を見せるためと、野菜をもらうために行くのであった。嫩は千夏を背負って歩いているが、重くて肩が痺れてきた。生後三ヶ月に成長した千夏が重たくなったのは嬉しいのだが、栄養不足で疲れている嫩の身にこたえた。

ミシンの内職だけでは夫の学費がたまらないので、機械編物の内職も始めていた。古毛糸のほぐしから癖直しまでしなければならない。睡眠時間が不足になり、栄養も不足しているため身体がけだるく、全身振り絞ってみても、藁《わら》人形みたいに力が入らない。

見渡す限り吹きさらしの林と畑の中を歩き、行けども行けども夫の実家は見えてこなかった。夫の両親は孫の顔見たさに、来れば食糧を分けてやると言い、嫩は勢いこんで勇んで出て来たのである。千夏の晴着に、人絹ではあるが黄色のフード付きの綿入れのおくるみを縫い、着せてみると、優しく可愛い赤ん坊に見えた。電車の中や歩いている途中で、「可愛いお嬢チャンですネ」と、女児に見られて言われ、嫩はその言葉に満足していた。

あとひと頑張りすれば、夫の実家でふかしたてのさつま芋を食べさせてもらえると思っても、力が尽きた。千夏を背中に背負ったまま田圃の畦道にしゃがみ込み、もう一歩も、歩けなかった。足が重く、鉛みたいだった。夢の中で走ろうとしても足が重くて走れない、あの感じであった。代わって千夏を夫に抱いてもらいたいと思ったが、前の方を歩いていた夫は、もう姿が見えなかった。

「甘ったれるな！」

突然頭上で、夫の声がした。不意に夫の怒りを聞いても嫩の頭の中は空白だった。驚く気力もない。

「もう動けません」

嫩は、弱々しく言った。背中の赤ん坊が泣き出した。おむつが濡れ、おなかも空いているのだ。一分でも一秒でも代わって抱いてもらいたかった。ほんの少しでよいから、休みたいと思った。

特配のバターや魚等貴重品は、近頃は元のように夫に多く食べさせているので、こんな時夫の足は強かった。嫩は、夫の足元に縋りついた。筋肉の薄い足だと嫌っていたのに、いまは男らしく、とても強そうに見えた。頼れるのは、夫だけだと思う気持が初めて湧いた。

「アメ公の腕にぶら下がる女達みたいな真似は止せ！　ここからは、見通しなのだ。おふくろが見ているのに」と、足を蹴った。

夫は、嫩が何かの拍子に触れると、決まって「イチャイチャするな」と、叱るのだった。うっかり肩や指が触れたりしても怒った。

道端にしゃがんでおむつを替え、母乳を与えていると、「早く歩け！」と、夫は苛立つ。嫩は病気の痩馬がひょろひょろと立ち上がるように、重い身体を起し、ふらついた足で地面に支えようと頑張った。夫のあとから一歩一歩従いてゆくと、雑木林越しに小さな老女の立っている姿が見え、夫の言うようにこっちを見ていた。出産の時に来てくれた姑は、三ヶ月もいてくれると言ったのに三週間で帰った。「おまえ達の家はお通夜みたいだから」と、言った。努力して明るい家庭にしているつもりでも、姑は見破っていたのだった。

「しようがないね、この女」と、夫は姑に、嫩の足を引きずった、くたびれ切った姿を言い訳してみせた。

姑は、嫩の方には一瞥もくれないまま、顔中皺だらけにして千夏を背中から受け取り、抱き上げると、「大きくなったねェ」と、赤ん坊の顔に自分の陽焼けした黒い顔をくっつけた。化粧とは縁のない母親に育てられたので、夫は口紅を毛嫌いするのか、とも思った。出産の手伝いに来た時も、自分流の昔ながらの方法で育児を通した頑固な人だった。

井戸の無い土間には、大甕に水が汲んであり、舅が納屋から出したばかりの、土の付いたさつま芋が積んであった。長葱も山積みしてある。眼の眩むような豊かさに溢れた光景だった。

嫩は、疲労しきった身体に俄かにエンジンがかかったような思いで、さつま芋の山を凝視した。年とった舅が後ろ向きでカマドに薪をつぎ足していた。姑と舅が神様ほどにありがたく見えた。米の代用としてでない、しかも根っこでないさつま芋を食べられるのは、夢のようだった。

黒光りした畳の上に赤紫の皮の光ったさつま芋が大皿に盛ってあるのを、嫩は生唾を呑み込む思いで見つめた。水分を含んだしっとりした重みの感じられる芋は、一本一本宝のように見える。

「さあ、早くお食べ。お前らが来るので沢山ふかしたよ」

と、姑と舅が代わる代わる言った。二人とも小柄な老人であるのに、一切の畑仕事から水を汲みに遠くへ行くのまで、その一切をこなす力が、どこにあるのかと思う。天秤棒をかつぐ水汲みの苦労を思えば、アパートの部屋に水場はなくてもまだ楽だと、思った。

夫は薄っぺらな、これも黒光りしている座蒲団の上に、早や早やと胡座をかき、胎児になったように寛《くつろ》いでいる。こんな寛ぎを見せる夫を見るのは、嫩には初めてだった。

「父チャンと一緒にバアチャンチに来たのかい？」赤ん坊の顔をニコニコと覗き込んで、姑は言いながら、薄い座蒲団二つを合わせ、千夏を寝かせた。赤ん坊を抱くのは男の恥と、自分の子供に触ろうともしない夫を知らない様子である。長い道のりで、汚れたおむつが着物まで濡らしているのに、千夏は機嫌がよい。

夫は、アパートの畳を汚ないとあれほど怒ったのに、どこもかしこも黒光りしている家の中で、さも居心地の良さそうな顔をしている。「父チャンに抱かれて来たのかい？　そうかいそうかい。おむつを替えてあげるよ」と、姑は馴れた手つきでおむつを替えてくれた。

〝自分でしろ〟と、夫が怒って叱るところだが、母親の手前、疲労した足をさすっている嫩を苦い顔で眺めている。

夫は、自分だけさつま芋に手をのばして食べ始めた。嫩の実家のように、各自の分を取り分けてない習慣だと分かっていても、夫が勧めてくれないので、嫩は手を出せないでいた。おなかが鳴っていた。

夫は、小学生の時から新聞配達をして、両親を助けなくてはならないほど貧困であったと言い、貧しさに対して根強く腹を立てている。だがこんな時代になってみれば、様子は逆になった。農家の方が食糧という何よりの宝がふんだんにあるので、嫩には富裕な金持に見えた。

姑が気がついて勧めてくれたので嫩はやっと手を出し、飢えた狼みたいに、むしゃぶりついた。さつま芋二本を一気に食べ終えると、満腹になり、土間の入口で眠り込んでしまった。胃袋が小さくなっているので、少しきり入らない。不覚にも泥のように眠り込んだ嫩に誰も気づく者はいなかった。夫は実家に帰った安堵感なのか、日頃は嫩にきびしい眼を、離してくれた。深い一時の眠りから醒めると、足も身体も軽く、空洞だった頭の中もだいぶはっきりしてきた。乳に張りが感じられ、乳首をふくませると現金なもので溢れるように出て、千夏も満ち足りた顔を見せるのであった。

夕方、近所に住む夫の兄妹達も泊りに来て、白米に味噌汁と沢庵の食卓を囲んだ。土間の囲炉裏に薪をくべると、赤い火が燃え上がり、快い暖かさと安らぎが広がる。天井から自在鉤が下り、釜が吊り下っている。七輪の火起しとは桁違いの豊かさだった。風呂の代用になる程にも見える大きな釜である。近くの山で取れる薪が充分に用意され、家族に囲まれ使われるのを待っていた。普段は老夫婦二人だけなので、簡便に七輪で間に合わせているらしい。光った白米の御飯をお代わりし、沢庵を気の済むほど食べた。自家製の沢庵の美味しさは、嫩には生れて初めての味で、厚切りを夢中で頬張り、歯ごたえに堪能した。

「ギンシャリも久し振りだナ」

「ジイサン、バアサンのお蔭です」

夫の兄妹達も、美味しそうに食べながら舅と姑を立てた話題を選ぶ。黙っているのは夫だけだった。三人兄妹のうち、夫だけが変人なのか。

ドラム缶の風呂桶が屋外にあり、順番に入った。一番先が夫だった。当然のように手拭を持って先に入り、出て来ると、「お先に」と言う挨拶もなく、気持良さそうにまた胡座をかいた。家族もそんな態度には馴れているようだった。

嫩の入ったのは一番後で、垢の浮いた真っ黒な湯が暗い裸電球でも分かった。どぶじみた臭いを放っているのに上り湯も無く、汚れた湯で顔を洗うのは躊躇われたが、大甕の水は洗顔に使ってはいけないことが分かっていた。舅と姑が交代で、半道近くもある共同の釣瓶井戸《つるべ》へ水を汲みに行き、甕に貯めてあるのだ。小柄な年寄りが肩に喰い込む天秤棒を担いで、三往復ずつ交代すると、一日はたっぷりかかる。食後の茶やコップ一杯の水も遠慮しながら飲むほどの貴重な水で、眼が潰れても顔を洗わせてもらうことはできない。それでも、嫩は久し振りに風呂に入った快さを覚えるのであった。

姑がこんな水の不便な所で、三人の子供を育て上げたのかと嫩は感心した。自家に井戸の無い暮しで三人の赤ん坊に初湯を使わせ、おむつを洗い、舅と二人で畑仕事をしながらよくも育て上げたものだ。嫩たちの、水の設備のない部屋に驚きもせず、階段の上り下りに耐え、赤ん坊を湯に入れてくれた姑の手順の良さは、こんな不便な所で暮しているからだと分った。

翌日、リュックサックに押し込んで入るだけの野菜と米、餅米、小豆等をもらい、まるで凱旋将軍のような気持で夫と一緒にアパートへ帰った。帰りは、おなかいっぱい食べたので現金なほどに元気が出て、風呂敷包みに八貫匁を背負い、千夏を抱いても軽く感じるのであった。リュックサックだけの夫は、相変らず一人で先へ行ってしまうが、追いかけながらも、従いてゆけるほど力がついている。買出しは男の恥と言う夫がリュックを背負ったのを見るのは、嫩の実家の焼跡に夫が出かけたとき以来のことだった。

不思議なことに、夫は大学へ入りたい希望を一言も両親に話さなかった。姑もまた、暮し向きがどうなっているか、何も聞かず、知ろうともしなかった。兄妹達も、何も聞こうとはしない。誰も彼も、久しぶりに集っても只ひたすらに食べることに夢中になっていて、食べる話に明け暮れてしまっただけなのだった。

8

今日は千夏の誕生日だった。嫩は出窓に渡した麻紐いっぱいにおむつと肌着を広げて干しながら、主婦としての充実感に溢れていた。夫も今日は大学を休んで早く帰って来る筈だった。希望通り四月から、A学院大の夜間部の一年に夫は入学していた。念願の帝大は夜間部がなく、諦めたのだ。帝大の方が国立のため出費も少なくてすむのだが、仕事をやめて学生になるのは不可能なことだった。夫の学費の捻出は嫩一人の力で遂に果した。洋裁と機械編物を併用した古物更生を考えたのが当たったのである。クズ毛糸をほどいて蒸し、古くて弱った糸を二本取りに巻き込み、嫩の考え出したレース編をブラウスやスカートの縁《へり》につけたり裾につけると、更生品とは思えない外出着になった。丈の短くなった子供服や、廃品利用のブラウス、ワンピースにもレースをつけると新品同様になり、仕事は増える一方だった。それに加え機械編みも覚えた。

小豆の煮える匂いが立ち籠め、時ならぬ賑わいが、部屋いっぱいに広がっている。小豆の懐しい匂いは、人間の胸の奥に閉じ籠められている宝を少しずつ取り出し、味わわせるような気持を起させる。

七輪の口を閉めた弱火の炭火で、小豆をゆっくり煮る平和な時間は、嫩に母親としての自覚を強く抱かせた。千夏が無事に成長して満一年を迎えたことは、大きな喜びであった。

夫の実家からもらった小豆と餅米を、今日のために大事に取っておき、世話になった奥さん達にも分けられるのが楽しみだった。

南の窓はよく陽が当たり、貧しい暮しの中で暖かいのが唯一の取り柄であった。陽の当たる窓辺で、赤ん坊を裸にして日光浴をさせたり、柔かい背中をさすってやったりするひとときに、嫩は、倖せを感じていた。千夏が生れた時が一番貧しく、洋之介デザインの大切な本棚ともった蓄音器、愛読した小説一冊を売り、出産費用に当てたが、あの時に比べ少しは楽になった。

千夏は、さっきからミシンに摑まり立ちをしていた。尻餅をついて転んでは立ち上がり、アヒルのような恰好でミシンの足から壁に伝わり歩きを試みている。貧困の暮しに風邪もあまりひかない。健康であることは神から与えられた恩恵であると思った。気がつくと、機嫌良く伝わり歩きをして一人遊びをしていた千夏が、手を放し、畳を踏みしめ、部屋の真ん中を一歩、二歩と、母親の方へ歩いて来ようとしていた。自力で立っていたのだ。嫩の手作りの、古物を裏返したズボンは、物も悪くダブダブで、立って歩いてみると可哀想なくらい不恰好である。しかし千夏は真剣な表情をしている。一所懸命成長しようとする本能の力であった。今日初めて歩けたのだと感激し、手を差し延べて待つ嫩の方へ、あと三歩、あと二歩、遂にゴールインして母親の胸の中で転んだ。嫩は、抱きしめてやった。千夏は歓声を挙げていた。初めて一人で歩けたことがうれしいのだろう。夫が帰ったら報告をしよう。夜の気まずさを別にすれば、子供のためにも夫とは平和を保ち、冷たい抵抗はやめようと、反省しては心に決めていた。このごろ夫は、千夏と遊んで機嫌良く過すこともあった。大学へ入れたので少しずつ気持が和んでいるらしい。

扉の外で、「郵便が来たよ」と、富子の声が聞えたかと思うと、葉書を手にもう入って来ていた。彼女は両棟の郵便配達係も引き受け、渡すまでに一通り読んでしまう。

「千夏、いま歩けたのよ！」と、嫩は眼を輝かせて言った。赤ん坊の成長は、子持ち同士が第一に報告し合うのが習慣だった。お蔭で初めての育児も、予備知識なしになんとか成功したのだった。

「今日はお宝チャンのお誕生日だろう。良い匂いだネ。あとでお赤飯御馳走になりに来るよ」と、富子は言った。どこの部屋の赤ん坊の誕生日がいつということは、二ヶ月も前から話題に上っているのである。

郵便物を見ると、嫩宛の葉書だった。「古賀嫩様」の毛筆の文字に眼を留め、裏の文面を読むと、「話したいことがあるので御来宅下さい」と、ある。更《あらた》めて差出人の名前を見て嫩は驚いた。三善琢治という字が、流れるような筆蹟で書いてあった。住所を見ると、焼けた実家からさほど遠くないところに、下宿でもしているのか「E方」となっていた。

洋之介の全集のことで、室尾燦星と喧嘩をしてまで真剣に考えてくれた人であるが、嫩は洋之介の版権に絡む問題ではないかと、暗い思いを巡らせていた。未亡人となっていた洋之介の妹麗子と再会した三善は、昔、求婚して断られた疵を乗りこえ再度求婚し、妻子を捨てて M 海岸へ逃避行した。しかし我儘な麗子とうまくいく筈もなく、一年足らずで麗子が G 県の勝のもとへ帰ったことは嫩も知っていた。

「誰なのよ、この人」と、富子は言った。嫩は、千夏を裸にし、午前中三十分実行している日課の日光浴をさせていた。おむつまで脱がせると、自由になれたうれしさで千夏は、はしゃいでいる。誰なのかと聞かれても即座に答えられない。緊張しながら手拭で千夏の身体を擦り、手や足を動かして運動させ、千夏の喜ぶ、両手両足を束ねて一緒に持ち上げる「狸吊し」で、ぶらぶらと左右に大きく振り回してやる。嫩は、赤ん坊がキャッキャッと喜ぶさまを一緒に喜びながら、三善のことを考えていた。嫩の小さい頃、家に来て遊んでくれたり親のいない家で妹と二人熱病に苦しんでいる時助けてくれたりしたので馴染んでいる三善であるが、あまり久し振りなので、会うのは気が重い。

考えるのは暫くあとにして、誕生祝いの赤飯を炊く用意にかからなくてはならなかった。

「手伝ってやるよ」と、言う富子に蒸籠の使い方を教えてもらうことにした。

内職の世話をしてくれる富子には、一番先に馳走するつもりだった。蒸籠を借りる大家のトメにも分け、口紅をくれたエリ子や、嫩の乳が出ないときに、見かねて自分の母乳を飲ませてくれた、少女妻のアケミにも分けたい。考えてゆくと、一人一人に何かしら世話になっていた。世間知らずの嫩にあきれながらも、育児や生活の智恵を授けてくれた奥さん達全部に、できれば赤飯を分けたかった。

初めは仲間に溶けこめなかった嫩も、奥さん達の話に耳を傾けられるようになり、時には嫩が思わぬ智恵を貸すこともあった。皆の考えつかないことを言ったりするので、外見よりも智恵があると、見直してくれる人もいたが、実際には嫩の頭の中は空洞に近かった。毎日の食べものに頭を使い、そのうえ更に夫の学費を作る仕事で疲れ果て、ものを考えるエネルギーがほとんどなかった。朋子の知能と大差ないと思うほどであった。眼は千夏を見る時だけ輝くのだった。

「さあ、何をぼんやり考えていんのよ。さっさと仕度しなよ」

と、富子に言われ、一緒にトメに蒸籠を借りに行くことにした。

たとえ小皿にひとかわ並べでも、赤飯が配られ、千夏の誕生祝いができればこんな嬉しいことはない。楽になったとはいえ、雑炊ばかり見慣れた眼に一粒ずつ先の尖った米を見るのは夢のようだった。

富子の子供は三人目だからお祝いしないと言うし、少女妻のアケミはまったく子供のことに関心がなく、それよりも、別に悩んでいることがあると言っている。

「うわあ、すごい。アンタンチは進駐軍に勤めてるからこんなこと出来るんだネ」

「進駐軍なんか餅米ないよ」

「心がけ良いからヨ。赤飯なんか大橋さんの出征以来だよ」

女達は、小皿にひとかわ並べただけの赤飯を飛び上らんばかりに、喜んでくれた。

「今夜はこれで助かるよ。あと大根の味噌汁を作ればさあ」「うちも、赤ん坊生れれば主人の母が小豆くれると言うんだよ」と、隣りの痣の顔の女は言った。

「あたいのは尾頭付きかい？」と、言ったのは富子だった。実は富子には尾頭付きの鰯が二匹つけてあった。

ミシンの仕事をくれる魚屋にも赤飯一皿持って行ったところ、お祝いにと、鰯一皿を只で分けてくれた。一皿四匹の鰯が只でもらえるなど〝エビタイ〟だと辞退したが、いつも安く縫ってくれるからと、好意を見せてくれたのである。二匹あれば充分すぎるので半分を富子に分けたのだった。富子に礼ができたのは嬉しかった。富子は嫩の顔さえ見れば、性の追及ばかりであるが、他のことは親切で助かる。魚屋からもらう仕事は大変で、魚臭い汚れのひどいズボンを糸ミミズのいるドブ川でよく洗うことから始め、裏返し、継ぎ接《は》ぎを当てて縫う賃金は、労多く益が少ないが、数が多いのでそれなりによかった。

今日は内職を休み、夫も機嫌良く帰り楽しい一日であった。鰯の塩焼の何と美味だったことか。二匹を三人で分けたが、夫の田舎のさつま芋以来の盛大な御馳走であった。今日ばかりは嫩も、富子達と同じに廊下に七輪を持ち出して、皆と一緒に鰯を焼くことが出来た。

夜、三善琢治からの葉書をよく見ると、重大な用件が待っている予感がした。洋之介の著作権の問題であることに間違いない。与四郎のことと、乙書房のことをこの機に思いきり話してみようと思った。乙書房の後始末がその後どうなったのか、祖母の勝に手紙を書いて返事を求めたが、通り一遍の便りが来て、「お前さんが心配しなくてもよい」とだけで、大事なことには一つも触れてなかった。一切与四郎に任せてある勝は、与四郎のすることを疑わなかった。乙書房の後にも、似たようないかがわしいカストリ雑誌に、洋之介の詩が出ていることが珍しくなく、粗雑な本で詩集も出ていて、奥付には与四郎の名前がある。勝の無知を良いことに与四郎が自分から売り込み、G県の女達がその共犯者であることも間違いなかった。

9

「三善寓」と、表札の出た家を嫩はようやく見つけることができた。

洋之介の知人を訪ねるなど、生れて初めての経験なのだ。嫩は娘時代に戻ったような気持になっていた。暗くて冷たい家でも、洋之介という父親の存在によって、嫩との間に眼に見えない細い繋がりの糸があった。しかし、古賀と結婚してからは、洋之介との繋がりの心の糸を故意に断ち切ろうとしていたところもあった。その心理は自分でも摑めなかったが、洋之介の話をすると夫が不機嫌になり、話の末が焼けた家や朋子の問題に繋がってしまい、面倒になるということもあった。それに過去の忌わしい翳《かげ》の部分もからむし、親族達の面倒な柵《しがらみ》を思い出したくもない。洋之介を巡る与四郎や女達の醜い争いが、夫には最も腹の立つ事柄であり、嫩もできるだけ考えたくなかった。

それに、無意識に洋之介と夫を比べるという厳しい眼が、嫩には無意識ではあるが、あった。二人をわざと比べるのではないのに、思わず冷たい視線を夫に向けていることがある。

三善は姿勢の良い人だったと、思い出しながら番地を頼りに捜すと、バス停から西へ一分のところの炭屋の角を入って、四軒目と教えられた。暫くぶりで会うのだからと、嫩は取っておきの進駐軍払い下げのスーツを着、スカートの足に木綿の靴下を履いていた。靴も夫の嫌がる中ヒールで、踵が擦り減っていたが一足しかなかった。このごろはモンペを穿く人も滅多になくなり、夫も不承知ながらズックをやめ、スカートから足を出すのを許してくれた。A学院大へ入って間もなく夫は進駐軍払い下げのナイロンスーツを買って来てくれた。地味な色だが、夫が買ってくれるなど初めてのことだ。大分ぶかぶかであるが、嫩は飛び上って喜んだ。アメリカ製の垢抜けした仕立てで、ボロばかり着ていた嫩も、馬子にも衣装とアパートの女達に言われた。

配給用の木炭を積んである店を曲がると、樹木の繁みが窓を暗く閉ざしている家があり、「E」と表札が小さく出ている門柱に「三善寓」と、これもまた小さく出て、左側の木戸が開いていた。三善への懐しい思いが押し寄せて来て、暫く葉書と同じ書体の表札の字を見つめた。

会うこともなく過ぎた歳月が急に縮まったようだった。嫩は思い切って入り、「ごめんください」と、小声で言った。

スピッツの甲高い鳴き声と、玄関の鍵をあける音が聞え、中年の婦人が白い毛の犬を押さえながら、

「先生は、いましがたおやすみになったばかりです」と、言った。時計は、お昼の十二時だった。「夕方起きられるまでは、たとえ天皇陛下が来ても起すなと、言われているのです」と、笑顔で済まなそうに重ねて言った。張りつめていた緊張から解放され、いっそ今日は会わない方が良いと安堵していると、女の人は嫩の顔をよく見ながら、

「内藤洋之介先生のお嬢さんでは?」と、確かめた。「それならば二時には起してくれと先生に申しつかっているので」と、言われ、嫩は暫くどこかで時間を潰すことにした。すぐ会うより、気持を落ち着ける時間をもらえて却って有難かった。背中の千夏に持参のメリケン粉を固めたビスケットを持たせ、時間を潰すために町の中を歩いた。長蛇の列があり、見ると露店でカルメを焼いて売っていた。

米一日分の代わりにキューバのザラメ糖が配給されることがあった。一人三百匁の割当に、甘い物に飢えた女子供達は、米一日分削られていることも忘れるほどに喜び、カルメ焼を競争みたいにこしらえた。古い銅《あか》のあり合わせのオタマ杓子の中にザラメと重曹を入れ、裸の電熱器の上に乗せる。戦争中は、電熱器の使用をうるさく禁じられていたが、最近では停電も少し

ずつ減ってきて、百ワット以下は許可されていた。

小さい電熱器はわずかの湯を沸かすにも、もどかしく、役に立たなかったが、カルメを焼くには恰好のものだった。今まで嫩はキューバの砂糖も買えなかった。内職に追われ、長い行列に加わったり自分で作ったりの暇がないのだ。今日は時間を潰すのを幸い、並んで千夏に一個買って与えると、大喜びであった。
六、七歳の浮浪児なのだろう、膝小僧の破れたボロモンペにゴム長靴を履き、瘦せこけた頰に焼きつくような鋭い眼で、カルメ焼を見つめていた。枯れ木のような手首が伸び、カルメを一つ鷲摑みすると脱兎のごとく駆け出した。
「チキショウ！」と、カルメを焼いていた小母さんが追いかけたが、骨みたいに細い足が早くて捉えられず、子供は近くの焼けトタンの仮小屋の家に逃げ込んだ。

戦火で家も両親も失った孤児なのだろう。嫩は買ってやれば良かったと思ったものの、そんな甘い感傷は、許されなかった。行列の中にもまだ浮浪児らしいドロドロのモンペをはいた子供が数人いた。戦災孤児といわれる浮浪児は、一歩町に出ればモンペの裾をワカメのようにぶら下げて、歩いているのである。

千夏は手にしっかり持ったカルメ焼を見つめていた。食べようともしない。カルメ焼を見つめる飢えた眼は、浮浪児とあまり変りなかった。

時計を持っていないので、店を覗き時間を見ようとするが、店内に時計のある店は、滅多にない。あると思っても、見当違いの時間を指している。二時間の時間を潰すのはとても長く思われた。カルメ焼の他には、思いがけぬ配給にありつける行列もない。当てもなく歩いてみると、焼跡が黒々と広がっていた。浮浪児が逃げ込んだのと同じ、焼けトタンを打ちつけたバラック建ての小屋が並び、飯盒やブリキのバケツが伏せてあり、赤ん坊のおむつや破けた下着が干してある。焼け残った井戸からギイギイと音を立てながら水を汲む老婆がいた。「木馬館」の井戸みたいに、水がなかなか出ないらしいが、それでも嫩は羨しかった。手近に水が出る台所があることは、水の有難さの身に沁みている嫩には羨望の的なのだった。

焼けた実家の土地に、焼けトタンのバラックでも建てさせてもらいたかったが、与四郎はじめ、一族の女達から、「あの土地は私達のものだから」と、早や早やと宣告され、封じられていた。たとえ許されたとしても、夫の大学の学費の捻出でバラックも建てられないが、いち早く与四郎一家が小屋を建てて住み始めていると、聞いている。与四郎のことを三善に、話さなくてはならないと、心を決めた。

嫩が重い気持で戻ると、さっきの婦人が、もう先生はお待ちになっていると言い、玄関のすぐ右側の扉を開け、嫩が戻って来たと知らせてくれた。

10

玄関に迎えに出た三善は、痛ましい程に痩せ、年をとっていた。顔中皺だらけのような感じであったが、背筋だけは、昔と同じにぴんと伸ばして姿勢が良い。嫩は胸の詰まる思いで懐しさが込み上げてきた。娘時代が戻ってきたようだった。忘れようとしていた洋之介との繋がりが、一挙に濃縮されて嫩を暖かく包んだ。

「赤ちゃんの食べるものあると良いんだが……」と、千夏が背中からおろされ嫩の胸に抱きつき、人見知りして今にも泣きべそをかきそうにしているのを見て、言った。カルメ焼も食べてしまい、二枚のビスケットも平らげたので、おなかは空いていない筈だったが、こんな時は母乳を飲み、甘えたいのだった。火鉢の灰はよくならされ、手入れがゆき届いていた。

三善は、嫩が結婚したことを、麗子から聞いている筈だったが、中古のナイロンスーツを着てはいても、身なりの貧しさや、若いのに化粧もなく、痩せ衰えた疲れた身体つきに、驚いたらしかった。

「ご主人は何をする人ですか」と、聞かれた。「進駐軍に」と、答えたまま躊躇って嫩は黙った。夫が、

「人妻のお前を、一人暮しの男のところへ、何故呼び出すのか！」と、言ったのを思い出した。

父の友人だからと言っても、

「洋之介の友人なら安心だというのか？　洋之介関係の人間に裏切られているのは、お前じゃないのか？」

と夫は、両肩をすくめ両手を前方へ開く、例のアメリカ人のポーズを真似してみせた。

「でも他人は違います。他人は味方なのです」

と、嫩は必死で言った。

「だからお前は他人にべたべたするのだな？」と、再び大きくポーズをした。

夫の言うことはピントが狂っていても、嫩はもう咎めたり悔しがったりはしないと、決めていた。千夏のために、平和に暮すように努力していたのだった。

「妹さんはどうしていますか」と、三善は話題を変えた。嫩の様子で、夫との間はあまりうまく行っていないと察したのだろうか。

嫩は、現在の朋子をまじえた四人暮しを言葉少なく早口に話した。夫が大学に通っていることも話した。

「そりゃ大変だ、妹さんを引き取り、ご主人を大学に送るために孤軍奮闘中ですか」と、冗談っぽい顔で言うと、明るく笑った。

嫩は気持がほぐれた。笑うと皺はいよいよ深いが、優しい顔になり、幼い日々や、また娘時代に家へ来た時の、若い日の三善を懐しく思い出した。

「実は」と、三善は火鉢のヤカンが湯気を上げたのを湯冷ましの器に移しながら、言った。嫩は、千夏を膝に真っ直ぐに乗せ、座り直した。

「今度こそ洋之介先生の詩集をわたしが編集し、A社から出したいと思っているのです」と、言った。嫩は出版社のことに無関心であったが、A社が老舗の文学もの中心の出版社であることは知っていた。そこから詩集が出るのなら、父にふさわしいと思った。

三善の手で改めて編集して貰えるのは、戦争中に忘れられていた洋之介の真価を、再評価される機会でもあった。乙書房のような雑誌で詩を故意に歪められたままでは、洋之介の魂を疵つける。嫩は、今日呼ばれた用向きを初めて理解した。

三善は話に気が入りすぎ、冷めすぎてしまった湯をもう一度ヤカンに戻すと、火鉢の炭火を火箸で動かし、新しい炭を加えて火力を強くした。近くの炭屋からの配給なのか、良い炭であった。南の窓は閉めきり、古ぼけた黒っぽいカーテンが引かれ、開けられないままらしいのは、カーテンの襞に溜まっている埃を見ても分かる。寒い部屋であった。

「洋之介先生の著作権者が分からないので、一流の出版社が出したくても出せないと言ってます。親族の良くない噂も聞いているので、ぜひ一度嫩ちゃんに会ってみたいと思ったのです」と、真剣な顔で言う。良くない噂というのは与四郎や、G県の女達のことであろう。乙書房の件も耳に入っているかもしれない。室尾燦星が与四郎に抱えこまれて、洋之介の全集を出したその印税が、嫩のところへ行かないように工作されたことも、嫩の過去の黒い疵を逆手に、洋之介の著作権を姉妹達が横領する恰好の口実にしていたことも、麗子からそれとなく聞いて察していてくれれば良いと、思った。

「今度わたしが編集する詩集の印税は嫩ちゃんに渡したいのです」

と、三善は疲労した顔を嫩に向けた。嫩の幼い時、両親のいない家に放っておかれた夜々、案じて見に来てくれた人である。ありがたい事であるが困ったことになったと、嫩は思った。法律的に、嫩には一切の権利が無いように早くから手を打たれている。洋之介の死の際の拒否も役に立たなかったし、嫩を身一つで追い出すために都合のよいよう手廻しが揃っていた。三善は遠巻きにも事情を知っているのか、それとも全く知らないのか、「そんな小さな赤ちゃんもいる上に、妹さんまで世話しているのでは、あなたに先生の著作物の権利があって当然でしょう」と、怒って言った。

嫩に洋之介の著作権を与えれば、勝をはじめ、八重子達親類中が大騒ぎになる。与四郎や正子、麗子、その他の妹達が挙《こぞ》って嫩を攻撃し、どんな復讐をするか分らない。

嫩にとっては、著作権を取得し、印税をもらうことは、恐ろしい脅迫が待ち受けていることになるのであった。過去の疵口を逆撫でするという、嫩の一番恐れる報復を受けることは目に見えている。過去を忘れるために懸命に生きている嫩は、著作権を得て生ずる悶着に苦しむより、現在の貧しいながらも表面平和な生活を大事にしたかった。印税の配分に与らず、という条件付きなら、著作権者にしてくれる可能性もあるかもしれないが、病的なまでに疑い深い親族達が、そこで折れてくれる筈もないのが現実だ。

嫩は世間知らずの無欲な性格であるのに、相手は厳重な警戒の網を張っている。

「先生のお母さんが強く反対するだろうが、せめて半分なりとも嫩ちゃんに……」

と、三善は涙をためた眼を千夏に向ける。嫩が愛されていないことは察しがついているのだと思った。

こんなに嫩の身の上を思ってくれる人だったのかと、改めて感激した。会うまでは気が重く躊躇われたが、会ってみれば、懐しく優しい、暖かい人柄の人だった。嫩の幼い日と同じに、いまも変らず純粋に洋之介を想う気持で通している。肉親である洋之介の妹弟達が、洋之介を餌に甘い汁を吸うことに奔走しているのに、いまは他人の三善が、欲得なしの純粋さで、心底から洋之介の身のためを考えてくれている。嫩は、著作権者として、洋之介の詩魂を大事に守らなければならないと、改めて身のひきしまる思いがした。

勝の最近の手紙には、誰かまたそっちへ人が訪ねてもお前には何の権利も関係もない故、一切自分の許へ連絡するようにと、きつく書いてきた。その代わりのように、嫩名義の戦時国債を送ってきた。その国債は敗戦後の今は紙屑同様と化していたものだった。洋之介の生存中に、「嫩の嫁入りの時に」と、買ってくれた唯一の嫩名義の財産であったが、今となってはさつま芋一皿分しか買えない。嫩の結婚の時、今はまだ早いと言って、渡してくれなかったのだ。

勝宛に室尾燦星からも手紙が行き、結婚した嫩には、法律的に洋之介の著作権一切の権利が無くなったから、以後は勝の好きにするようにと、あった。〈嫩は勘当された悪い娘である〉と、室尾に吹きこみ騙したのは、むろん与四郎である。

燦星が編集した洋之介の全集を始め、詩集等の印税は、勝のところへ行く手筈となっていたが与四郎と女達がいよいよ乗り出し、いかがわしい雑誌であろうと粗雑な詩集であろうと、先を競って承諾し、醜い版権の奪い合いを始めていた。遺族の悪い噂は、出版界に拡がっているようだった。

「洋之介先生の著作権を守る上で、いまこそ著作権者をはっきりさせておかなくてはならないのです」と、涙をためた眼で幾度も三善は言うのであった。

「先輩の先生の遺族が、筋を通しておかないと、あとに続くわたし達後輩の者が困るのです……。嫩ちゃん、あなたしか筋を通せる人はいないのです」と、繰り返す。嫩は、躊躇ったが思い切って、乙書房の顚末を話した。

三善の顔が真赤になった。

「与四郎さんとその乙書房というところは、どんな関係になっているのですか?」と、怒りにふるえた声を出した。

「洋之介先生の詩が、近頃出て来たいかがわしいエロ雑誌に、しかも勝手に改悪されて載るようでは、何のためにこうして命を削り、粥を啜って後輩が詩を書いているのか、分からないじゃありませんか!」と重ねて言う。三善の憤慨のすさまじさにたじろいだが、言わなくてはな

たが……」
「B社の全集の時も与四郎さんはひどいという噂を聞いて、洋之介先生のために腹を立ててい
らない事実を告げたので、嫩は後悔はしなかった。

嫩は胸がつまった。
正座したままの形で三善は絶句し、急に黙ってしまった。泣いているのか肩がふるえていた。

湯冷ましに冷ましてあった湯がまた冷めすぎ、水になってしまうまで、言葉もなく、絶望した悲しい顔を崩さなかった。

「めちゃめちゃじゃありませんか！」と、突然三善は叫ぶような大声を出した。血管から血が噴き出るのではないかと思われるほど、激しさの籠った声だ。

それほど三善が苦しむとは思わなかった迂闊さを、嫩は後悔した。

三善の下宿を出た嫩は、「あなたしか筋を通せる人がいないのです」と、怒ったように言った言葉を何度となく噛みしめていた。父洋之介のためにこの問題を解決し、困難を乗りきらなくてはならないと、自分に言い聞かせるのだった。だが、嫩の力では到底手に負えないことを考えると、逆流の渦の中へ身を巻き込まれる思いであった。

第三章

1

「シャーラップ！」

夫の聞き馴れた声が、遠くで聞えたような気がした。嫩は、ベッドの上で悪夢の中をさまよっていたのだ。電気ノコギリを背骨に差し込まれているような激しい苦痛と戦っていた。長方形の柩の中へ片足を入れ、苦しみを無くす死の世界へ這入って行こうとする自分と、それを阻止するもう一人の自分との戦いを続けていた。

手術は、ラッパ管を結び、子供を産めない身体にするための手術である。それを思い立ったのは嫩であった。あと三人は子供をほしいと言う夫への反抗であった。三度めの堕胎手術のついでに、結紮《けっさつ》手術を頼んだのである。いまはもう一片の愛も湧かないのに、子宮の中で卵子と精子が引かれ合い、結びつく生命力というものは、不思議だった。夫に何と言われようと子供を産むつもりはないのだ。

夫がベッドの足元に立っていた。すぐ横で千夏が病人と化した母親を不安そうに見つめていた。

「これは何だ！」

夫は、ベッドに近寄って来て手に持った紙片を嫩の顔先に突き出した。隣りのベッドの人に挨拶もなくいきなりだった。

手術をすることに反対していた夫は、「俺の子を産みたくないのか」と、嫩に腹を立て、入院を認めなかった。嫩は、子供をもう一人産んで家庭を再建してみる気力はみじんもなく、精根尽き果てていた。夫は、まだ何人でも子供を欲しがっている。子供を囮《おとり》に、離れてしまった嫩を繋いでおくつもりなのであろう。

夫の放ってよこした書類を見ると、区役所へ提出する千夏の入学手続きの用紙であった。提出するまで、まだかなりのゆとりがある。手抜かりと失敗の多い嫩だったが、千夏のことには、気を配っていた。

千夏が今春小学校へ入学するにつけても、夫と別れるとなれば何かにつけて不便を来たすであろうし、父親が必要であることは分っている。嫩が離婚に踏み切れないのはそこであった。

千夏のために、このまま地獄の暮しを続け、一生、生ける屍となるか、それとも子供を犠牲にしても、新しい出発に踏み切るか、二つに一つの道を選ぶことに、迷いつづけていた。夫を希望する大学に行かせる妻の役割りも終え、無事に免状を貰い、卒業もさせたのだ。大学卒の資格を得た夫にとっても、嫩と別れ、初めからやり直した方が、新しい道が開けるであろうと、嫩は考えた。だが夫は嫩との話し合いなど、一切受けつけようとしない。嫩の気持はこじれにこじれ、頑なになっていた。別れるか、それとも和解の目処《めど》を見つけて出直すかの手掛りもないまま、ずるずると月日は経った。

夫への嫌悪感が、全身の痛みに拍車をかけるように広がった。今は夫の声を聞いても、ネクタイ、ハンカチ、靴下、スリッパを見ても、血管の中の蛆虫が絡み合い、咽頭から噴き出すかと思われるほどに、嫌悪する。理由など分らない。只ひたすら夫を遠ざけたかった。理性では何とか夫を愛したいと努力しているのに、嫩の感覚が受けつけないのである。

「帰って！」

と、嫩は焼きただれるような背骨の痛みに堪えて叫んでしまっていた。麻酔の醒め切らない朦朧《もうろう》とする意識の中で、自制力も分別もなくなっていた。脂汗が流れるほど出て寝巻は水びたしのように濡れている。

「なんだって！」と、夫は、寝ている嫩の顔をめがけて強くなぐった。

「やめて！」と、千夏が言った。

青白い夫の顔が膠のように硬って笑っている。興奮が極限まで高まった時の、夫の白い歯を出した笑いが大きくのしかかり、アリスの笑い猫が笑ったようだった。二の腕が再び高くあがった。

「病人ですからやめてください」と、誰かが夫の腕を素早く摑んだ。まわりのベッドには産婦や病人が寝ていた。

さっきから変った夫婦と、興味深く眺めていたのだろう。手術中に付添いにも来ない夫が、終ってから来て喧嘩を始めるとはと、囁いていたらしい。六時間半の手術を終えたばかりの夕方だった。正午間もなく手術室に運ばれたのである。

夫になぐられた瞬間、お腹の中のまだ納まっていない臓物が跳び出すような、重い痛みを覚えた。開腹してみると大腸や、卵巣にも病巣が発見され、ついでに切除されたのである。身体がだるかったのはそのためだった。

「この女、浮気女奴！　俺の子でないから堕ろしたのだ！」

夫は興奮して大声で悪態をつき、顔中ひきつらせていた。故意に子供を産めない身体にしたことが夫の自尊心を疵つけたのである。看護婦が飛んで来た。

「こいつ、誰の子供を堕ろしたのだ！」と病人を指さして言った。患者達の視線が一斉に集まった。嫩は、自分でも何を言って夫に反抗したか分らなかった。看護婦に強い鎮静剤を打たれたのか、急速に睡魔の谷に堕ち込んだ。

三ヶ月に一度の要求に、蝶が蜜を吸うような決まった手順で何の感情もなく事が終ったあと、背中を向けて寝てしまう。夫は背中を向けて、ただ寝たふりをしているのだった。その後に凍るような空気が漂うのは嫩の様子を窺っているからである。女房が満足していないばかりか、夫を次第に嫌悪してゆくのを充分に承知しているためであった。たった一度、「エンジン早くかけろ！」と、言ったことがある。たまには嫩の方から、どうすれば女の身体が素直に満足行くものかを、夫に話して相談したり、自分から求めたりする智恵があれば両方が歩み寄れるのに、互いに相手とは話し合わない頑なさを固持していた。

夫にとって、妻は蝶に蜜を与えるだけの花であればよいのか？　人間ならば事前の会話や接吻の愛撫等の感情交歓があってもよいのではないか？　夫婦であれば妻の身体にエンジンのかかるまで待ってくれるとか、優しく誘導してくれる手続きがあってもよいのではないかと、疑問を持っても、嫩はどう言えばよいか、分らなかった。こんな形のまま妊娠したくなかったのであった。

医者は手術開始の時間を少し遅らせて、夫の来るのを待ったがついに来ず、立ち合い人のない珍しい患者ということで、医者達は噂しながら、嫩の背中をエビのように丸めさせ、腰椎麻酔を打った。嫩には夫と千夏の他に身内はいなかった。こんな時、朋子は猫ほどにも役に立たない。冷えてはいても、夫が唯一の頼りになる筈の人なのだ。夫の反対を押して手術した嫩であるのに、夫を頼るのは矛盾していた。が、嫩にとって、やはり唯一の助っ人であった。祖母の勝は、たとえ嫩が手術中に死んでも、葬式など後の始末をしてくれる筈もなく、当然古賀に一切押しつけるだろうし、与四郎やG県の女達も手を敲いて喜ぶのが関の山である。

疵の縫口が納まらないのか、罪なことをした罰が当ったのか。背中と下腹部に不快な鈍痛があり、両足は鉛の靴を嵌め込まれたように重く、痺れていた。動かして楽になりたいのに自由が利かなかった。苦しいので眼はすぐ醒めた。足先を少し右へ向けたら楽になるかもしれない。

「足元を……ちょっとでいい、動かして下さい」ようやく嫩は言った。出来れば、身体全体も動かしてもらいたかったが言葉にならない。

「お前という女は！　母親の資格がそれでもあるのか？」と、夫はまだしつこく言うのだった。

　大部屋には十人の重軽症の患者が寝ていた。子宮筋腫で手術した女や、帝王切開で女児を出産した女もいる。皆ベッドの中で苦しんでいる。こんなところにふさわしくない夫の大声に迷惑して、驚いて眺めているのが、朦朧とした頭の中で分った。夫から一言、皆に挨拶をしてもらいたかった。大量の汗が水を流したほどに出て、ベッドの上に敷いた油紙の下まで通っていそうだ。額の汗を千夏が拭いてくれた。

　医者が回診に来たので、面会人は外へ出ることになり、夫は外に出された。残った千夏の小さな手を握りしめると、嫩は、涙が溢れて止まらなかった。この子を殺して死のうと悩んだこともあった。

「あと少しで幸せにしてあげるから」と、幼い不安そうな顔に向って言ったが、声にならなかった。

　幸せにする目安は何もなかった。それどころか、父親を奪い、父無《てて》し児にするより道はないところへ来てしまっているのだ。

千夏には父親が必要なのだと、何百回も何千回も考えては迷い、そして結論の出ない悩みを悩んだ。子供のためか自分のためか、二つに一つの道は、幾ら考えても同じ渦の輪をめぐるばかりで解決の糸口が見つからなかった。

嫩は自分の将来のことを本気で考えたかった。まだ三十代に入ったばかりであるし、夫と別れて、これからの人生を立て直せる可能性はある。夫と一緒に暮すかぎり、止めがたい悪妻ぶりが昂じ、肉体も心も病み果ててしまう。嫩の内の良いところが擦り切れ、ささくれた枯れ芒の野原が広がってゆくばかりである。一歩でも暗闇からぬけ出せる明るさは見えなかった。あがくほど沼の水底へはまり込み、足を浚《さら》われるだけだった。こんな自分の堕落から脱け出すため、勇気を起して別れたいと思うのに、実際には困難な現状との戦いが繰返され、重い一日が過ぎて行き、そしてまた明日を迎え、次の日もまた暗い一日が待っているだけだった。

2

入院生活二十八日で嫩は自分の家に無事帰ることが出来た。苦しんだわりに恢復が早かったのは、若い故と言われた。夫は二度と見舞に来なかったが、「木馬館」の富子が何度も来てくれたので用足しを頼めて助かった。「木馬館」から出て、嫩一家が自分の家に住むことができて間もなくの入院だった。

小さくても水場のある家に住める喜びは大きく、水道ではなくポンプで汲む方式だがガスは入っているので七輪での火起しの手間もなく、お風呂場もつけられた。「木馬館」の人達は羨望の的の嫩の家を見ようと、子供連れで遊びに来たものだった。いまは、病院へまで看病の手伝いに来てくれる。古賀から聞いたと言い、嫩の手術の内容を知っていた。他人に知られたくなかったのに、夫の軽口が腹立たしかった。彼女達にあんなに隠していた夫婦の性の実態が、こんな結果になったので、富子はやっと納得いった顔だった。「子供を産めない身体にわざとするなんて、ダンナを愛してなかったんだネ」と、初めて知ったことに同情してくれた。「木馬館」にいた時は、嫩を変った女房と言い、「どっちもどっちだよ」と、むしろ夫にも同情的だった。「木馬館」の八年近くの暮しから脱出して、S区に買った土地に金融公庫で家を建てることになったのは「木馬館」の大きな話題だった。誰もが家欲しさにやっきとなっていたので、羨ましがられて新しい家に移った。建築費の融資を受け、家が建つまでの込み入った厄介な手続きから、大工のお八つまで全部嫩一人で済ませた。いつもおろおろするばかりの嫩は、やってみれば案外、人並みなことが出来るのだと、少しずつ自信めいたものが生れてきた。夫は自分で設計をした。航空研究所の木製飛行機の設計図を引くように、夫の得意とする青写真を何枚も作って、実用主義の長持ちする家を考えた。

三善琢治の力添えで、勝をはじめ女達や与四郎を相手に折衝した末、洋之介の版権の半分は嫩の手に渡るまでにこぎつけてくれたのだった。洋之介の著作権を横取りされていた状態から三善の主張する「筋を通す」まで、数年余もかかった末やっと解決したのである。今後洋之介の詩集が出版されたり、雑誌その他に出る時は、嫩の許可を得てからでなくては出せない、という取り決めの公文書を交わすことが出来た。

数年間、嫩は一人でG県と三善の間を何度も往復し、勝や麗子、八重子達をはじめ与四郎まで、「三善に騙されている」と、まるで話の逆な見当違いを言う人達を相手に、押し問答を続けた。わざと三善を悪く言うことで、自分達の不当な行状をカバーすることに必死だった。乙書房が来て以来、雑誌ばかりか詩集まで粗雑なものが出ていて、発行人や著作権継承者は与四郎となっていたのは勝が一役買っていたのである。あまりにも筋の通らない論争に、嫩が精根尽き果てて帰ると、今度は夫にも同じことを言われ、疲労困憊した。嫩も世間の人の腹黒さと物欲の凄まじさに、開眼される思いだった。一人では到底駄目なので、三善琢治が六本木という洋之介の従弟に当る人に仲介を頼むことを考えついたのだったが、それが意外に効を奏した。

六本木が間に入るということで、数年間の争いにもようやく明るい陽の目が差し、三善琢治の正しい意見通りに軌道に乗せることができた。頑固な勝も少しずつ折れ、今後、洋之介の著作物は嫩が監督し、印税は六本木を通して勝と嫩と半々に分けることになったのである。

三善琢治の強い申し入れは、誰より与四郎を困らせることになったが、危機を早くも感じた与四郎は、自分が著作権者である旨のチラシを印刷し、全国の出版社から放送局まで、自分の足で配りに行った。時折ラジオで洋之介の詩を放送することもあり、与四郎はその都度著作権料を取り立てていたのだ。各社の名簿に、洋之介の著作権者が与四郎と登録され、直接交渉を申し込まれるようになると、与四郎は姉妹や勝に内密で、著作権者になりすましていた。姉妹の内輪もめの末、勝を先頭に、与四郎を訴えようとまで相談中のところへ、六本木が間に入って三善琢治の申し入れを、通達したのだった。

G県の女達にとっても、与四郎に全部持って行かれるより、半分だけ嫩に取られた方がまだまし、という結論になったのである。勝の無知をよいことに、欲の権化となった人達は醜い修羅場を演じていた。六本木が出て説得を始めた頃は、与四郎と八重子たちの追いつめられた争いの最中で、自分達にとっても都合の良い時期だったのだ。

保留になっていた三善の編集での文庫本の出版は、A社から間もなく出た。嫩は、晴れて洋之介の詩集の版権者となり、印税という生れて初めてのお金を、勝と半々で貰えたのである。

三善琢治のおかげなので、水の出る小さい家を建てる資金にしたいと考えた。水さえ出れば、畳のないバラックでも良かった。洋之介の建てた家から近い私鉄のU駅から歩いて十分余りのところの地主を紹介してもらい、ほんの少しだが土地を売ってもらった。土地は手に入っても、家はいつになるかと諦めていたが、住宅金融公庫の申し込みの受付けがあると教えられて、試しに申し込んでみたところ、一度で当選した。三枝子等は七度も落選して、土地はあっても家が建たないでいたのに、運がついていた。

洋之介没後の、一番の難問題が解決したのだったが、三善の言う「筋を通せた」ことは、洋之介に親孝行した結果になったのであった。娘時代嫩に苦労させた代わりの贈り物をくれたと、嫩は思った。

3

千夏は一年生になって、新しいランドセルを背負って登校している。評判の良い小学校が近くにあることが土地を選ぶ決め手となった。夫も新しい会社へ通うのに便利だった。嫩も無事退院できたのだし、ここまで来られた喜びを家族で分け合いたかった。喧嘩したところでどうなるものでもなく、今一度夫と話し合いたかった。術後のベッドで考えた時、割れた甕はつぎ合わせても水は漏れると、はっきり分り、離婚より道はないと考えたが、ここで今一度子供のために相談したい、冷静になりたいと、気持を鎮めた。千夏がいなければ、もうとっくに別れていたのだ。千夏を殺して死にたいとまで思いつめたのも、八年間の我慢も忍耐も、すべて子供のためである。

夫は、新しい家の食卓に座っても、いつものように広げた新聞紙の中に身を隠し、化石になったようだったが、少し新聞が動いたように見えた。今日は嫌でも切り出さなくてはならないと、思った。夫がめったに話をしてくれなくても、暴力をやめ、せめて受け答えぐらいはしてくれて、明るい家庭を築く努力をしてくれるなら、離婚は思いとどまるのが、母親の務めだと信念みたいに考えていた。嫩は我慢強いことにかけては、自信があった。それに、相手に誠意さえあれば、今のままの夫でも、冷淡な妻から良い妻に生れ変れる素直さもあった。「静かに考えなくてはと、思うの」と、嫩は改まった口調で正座していた。「静かに」というところを強調したかった。

「何だと！」

「このままでは、破滅です」嫩の声は真剣なあまり震えていた。真剣になったところで馬の耳に念仏か、暴れ馬にムチ打つようでもあった。夫は身動きもしなかった。顔はよく見えなくても怒りに震えているのが分った。緊張した空気が流れた。

「なにが悪いと言いたいのだ！」

「私達お互いに考え直すか、それが駄目なら……別れるよりありません」

別れるという言葉を嫩は初めて口に出した。殊更口に出すことによって、前へ進みたかったのである。

「何だと！　好きな男のところへ行くのか」

これだから話し合いにならないと、嫩は建設的な気力を失い、元の冷酷な眼の限りを向けて夫を嫌悪して、見合った。

「別れる」と、口に出して言う決心がつくまで、長い歳月が経っていた。手術台に乗るまでは決心がつかなかったが、医者の眼の高さにあるベッドで、嫩は女の屈辱のポーズをとらされ、手足をベルトで縛られた恰好で何人もの人の眼に晒された。愛もない性の後始末がこんな惨めな結果で終ることに、嫩は激しい憤りを覚えた。別れよう、という意識が花火のようにはっきり、瞬間的に走り抜けた。しかし離婚と決める前に、夫との話し合い次第では、子供のためにもう一度やり直そうと、その機会を待った。わざわざ子供を産めない身体にしたのは、気を楽につき合えるかと、期待したからでもある。

「家付きの金持の娘かと思ったのが金持どころか、こんなバラックしか建てられなかったのがオチだったのか！　バラックに居候まで付いて来たとはネ」と、朋子のことを言った。

「……」

「計算違いもいいところだったぞ！」

「私に言うことは、唯それだけだったの？」

互いにどこまでも二本のレールが走るだけで交わる点が見出せない。嫩は情なくて、話し合おうと思い定めたのも、水のアワだと分った。

「その通りだ」

「じゃ、別れた方が良いのに。別れましょう！」と、ふるえる声で言った。

静かに話すと言った本人なのに、嫩は再び感情的になった。相手が暴れ馬なら、こっちは更に狂った牛になるしかなかった。バラックといっても、水場はあるし、ガスも点く。塀が出来ていないだけで、裏に小さな物置もある。「木馬館」に比べれば天国であった。やっぱりどこまでもちぐはぐだった。もう一度話し合おうとする考えは甘かったと、嫩は砂を噛む気持だった。夫は新聞紙から顔を少し見せ、すぐまた元通りに足先まで身体ごと隠れた。

結婚した時から夫の手足の寸法は変ってない筈なのに次第につまって短く、背丈も低く見えるのは不思議だった。

「お前は、いつも俺を誰かと比べている」と、一オクターブ高くヒステリックに叫んだ。全身に力を入れ、クラシックの歌手が高音を発する時みたいだった。洋之介のことである。

千夏が驚いて、箸を落とし、立ちつくしている。

「比べてなんかいません!」

「嘘つけ!」

こういう時は、抵抗や言い訳は却って夫の暴力に火を注ぐのだった。かといって、黙っていては事態を悪化させる。夫は、例の膠の固まった表情のない顔である。

「あの男といつも比べているんだ」

「誰ですか? 言って下さい」と、嫩は言った。

夫の蒼白になった顔は、ただごとではなく、のっぴきならないところへ追い込められたと、嫩は観念した。

「俺は貧乏百姓の生れだ」

「……」

「お前とは生れが違う！　だが、家庭の中は俺の家の方が上等だった。お前のあの男とは比較にならない程だ。あの男は、お前の胸に巣くった亡霊なのだ！」

と、左の指を空に向けて叫ぶ。

「あの男は帝大卒でもないし、大学の英文科を出た俺より学歴がないじゃないか！　それなのにお前はいつも比べているのだ！　冷ややかな眼で二人を比べているのだ！」

「……」

「お前の愛しているのは、内藤洋之介という男なのだ！」と、天井の方を指した。嫩は思わず天井を見た。新しい天井は染み一つなかった。「木馬館」の染みだらけの天井を見馴れてきた眼には、眩しかった。

「男じゃありません。父親です」

と、嫩は言った。

「父だと！　どうせ俺のチチは百姓さ。詩人と農夫だよ、ハッハッ」と、夫は白い歯を丸出しの笑い顔をした。

夫がいつも洋之介と自分を比べているなど、嫩にはおかしいが、夫は真剣であった。

夫の不機嫌の根は、そんなに深いのかと、改めて驚いた。指摘されてみれば、嫩は娘時代、洋之介に甘えられなかった分だけ、追慕と敬愛の念が強く心に根ざしていた。無意識にも夫に対して、洋之介と同じ人格や仕事、大きく包む愛を要求していたのかも分らない。嫩は、洋之介とは黙っていても電波が伝わって来るところがあった。しかし夫には努力しても電流が流れない。洋之介と並ぶと、長身の父親の肩に嫩の頭があった。それなのに夫と並ぶと顔と顔がぶつかり合う。大女になった感じで、嫌であった。比べていると言われても仕方ないと思った。が、会ったことのない故人に恨みを持つのは許せないと、嫩は思った。

「私、もうこんな暮しはまっぴらなのよ」

「よし、別れるなら、今日までお前達を養ってやった生活費を返してみろ。三人分の三食代だ。それとも給料をすっかり返せ」

夫は器用な手つきでソロバンをはじき出した。田舎育ちの太い親指が眼につく。こういうところが人格の狭量な所以《ゆえん》であると、余計嫌気がさした。まるで与四郎みたいではないかと、思ってしまう。

「見ろよ」夫は、パチパチとはじいた何桁かになったソロバンを突き出して見せた。大学卒業後、英語関係の会社に入ったが給料はあまり変らなかった。嫩が内職で補っているのを計算に入れない。

「これだけをすっかり返せるか。返せるなら別れてやってもよい」

夫のはじいた金額を見る代わりに、嫩は、ソロバンを引ったくって、力一杯夫の膝にぶつけた。夫の薄い膝と座高ばかり高い体型が憎かった。「お母サンが悪い！」と、千夏が泣いた。嫩の初めての暴力の抵抗だ。ソロバンの玉が崩れてぶつかり合う音を聞いた瞬間、嫩は両腕を後ろ手に取られ、眼球が飛び出すほどに顔を食卓の角に打ちつけられていた。

4

夫と二人の話し合いでは埒《らち》が明かないので、嫩は思い切って家庭裁判所に出掛けて行った。嫩は静かに話し合うという一縷の望みを失ったいま、夫との暮しを続けるのは無意味であると、思った。無理を我慢で続けることは生きることへの堕落であった。別れて立ち直りたかった。

夫にしごかれた顔と眼が腫れ、顔半分はお岩のようだった。もう少しで眼が潰れるところだと、医者に言われた。夫に家裁への同行を求めたが、怒り狂うばかりで元より行く筈もなく、「他人には事情が分らないから、裁判したところでお前の負けだ」と、言った。そして「出頭を拒否する自由権があるのだ」と、取り合わない。夫の言うとおり、家裁は、二人で行かなくては何の手だてもないのが現実だった。仕方なく諦め、今度は夫の兄のところへ、相談に行った。仲良く暮していると思い込んでいるところへ、離婚の相談など寝耳に水とばかり驚き、止めようとするだけだった。嫩達は戦争中の結婚で、新婚旅行にも行かなかったのが原因だから、二人で旅行に行けば仲直りすると、簡単に言う。今更、夫と二人で旅行に行くなど、嫩にとっては笑止の沙汰でしかないことだった。一日も早く別れて再出発することの他には、もう嫩には考える道は残ってない。仮にでもよい、夫が承知してくれるなら、さしあたって、別々に住むことを考えたい。

嫩の固い決心を翻せないと分ったのか、夫の兄は、考えておきましょうと言ってくれるまでになったが、現実には夫との話し合いをつけてくれず、決着のつかないまま日が経った。

六本木に今度は、夫婦の別れたい事情を話してみることにした。難しい著作権の揉め事を何とかうまく処理してくれた六本木は、何かある時は相談に来るようにと、言ってくれていた。嫩の強い決心を知って六本木は止めなかった。世間知らずの嫩だが、言い出したら曲げない強いところがあるので、なまじの説教はしないと言った。世話のついでに夫の古賀に折を作って会ってくれると言う。しかしその前に手切金の用意があるかと、嫩は聞かれた。言われるまで、うかつにも考えたことがなかった。事情はともかく、手切金は言い出した方が用意するのが普通だから、揃えてからでないと口火は切れないと、六本木から世間の常識を説明された。ずいぶん世間が分ってきたと、自信がついていた嫩だが、まだ不足だった。肝腎のところがぬけている。夫の兄が話を切り出さないでいるのは、そのためもあってのことなのかと、今になって気がついた。身内のことで言えなかったのだろう。だが、そんな金のある筈もなく困っていると、六本木は建てた家を抵当に誰かに借金するか、それとも売って、税金を引いた残りを折半して渡すかを考えてみるようにと、言った。そんなことまでしなくては夫が承知しないと、考えなかったのは、世間知らずに加えて、仮にも生活を共にした相手に、他人同様金銭で解決するのは抵抗があったからだ。家をそっくり渡せば一番簡単だが、苦労して建てた家を夫に与えてしまうのも忍びなく、かといって、このままの暮しで一生を葬り去りたくない。元々無かった筈の家と思えば、束の間の夢として諦め、元の振り出しへ戻り、「木馬館」の住人になればよかった。だが、できるならば、この家から夫が出て行ってくれないかと願った。千夏の転校は可哀想だし、三善を悪く言う夫に、三善のお蔭で出来た唯一の財産を渡したくなかった。嫩は、苦労した分だけ計算も働き、強くなっていた。金融公庫に当った時のよろこびは大きく、夫も機嫌よく間取りを考え図面を引き、親子三人と朋子との暮しの夢を抱いていたのに、手切金のために役立つことになるとは、悲しいことだった。

借金する当てもなく、家を売る見込みもないまま、夫との仲はいよいよ険悪になって行き、結局は六本木が用立てをしてくれることになった。土地と家を抵当に、十万円貸してやってもよいと言ってくれたのである。土地は嫩の名義だったが金融公庫で建てた家は、夫名義であるし、二十年の返済が終らなくては、正式の抵当には入れられないため、六本木が自筆の契約書を用意し、嫩が実印を押した。嫩は、うれしくて迂闊にも内容を全く読まなかったが、十年以内に万一払えなければ、合法的に土地と家が六本木のものになるという厳しい契約書だった。六本木は商事会社のオーナーで金持だったが、他人に理由なしにお金を貸してくれる人ではない。落とし穴がちゃんとついていた。洋之介の著作権のもめごと解消と、著作権の手数料を両方から取り、仕事と考えていた。

ともかくこの場を切り抜けなくてはならない嫩にとって、十万の現金を借りられることはありがたかった。ミシンと編物の仕事を増やし、賃金がもう少し高くなれば、借金を何とか返せないこともないと思った。嫩は、のろのろしている半面、突進してしまってから考えるというところもある。手術も、考えるより思い切り良く実行してしまったのだ。

「こんな女房には未練なんぞ」と、夫は冷ややかに言った。兄と六本木のいる前では、夫もさすがに荒れるのは控えた。ようやく夫の兄と六本木の四人で会い、手切金の額を持ち出すところにまで漕ぎつけたのである。

六本木が十万も貸してくれたのは、近い将来この辺りに出来る地下鉄線で土地の評価が上るのを見込んだからだと、言った。地主から百坪弱の麦畑を売ってもらった時は全部で四百円だったが、一年後にもう六百円に上り、土地の値上りが目立っていた。

「では、この契約の離婚届用紙に印だけ押しておけば、あなたもさっぱりしますよ。内藤家の後始末ばかり世話しているわたしも、これで終りにしてもらいたい」と、六本木は頃合を見て夫に言った。こんな場合深刻に持って行くと、相手の感情を刺激するので、六本木も兄も明るく振舞い、冗談ぽく弟の自尊心を疵つけないように気を遣っていた。

「夫婦というものは当人同士でないと分りませんからナ」

と、凍りそうな空気にわざと笑って夫の兄が言った。顔は似ているが、世間の常識を踏まえた穏やかな人である。

「こんな女は犬にでもくれてやりますよ」

夫は爆発寸前の無表情で得意気に言った。夫の本心が、その言葉通りなら良いのにと嫩は思った。夫は何故いつまでも話し合いをつけようとしないのか。千夏と別れたくないのか、嫩に未練があるのか、会社の信用を失いたくないためか。兄や六本木にも夫の本心は摑めないようであった。埒の明かない会談はいつまでも終らなかった。夫は十万という大金に離婚を承知した様子を見せたかと思うと、「他人の世話にならないぞ」と、急に逆転する。

六本木が手切金の額を恩に着せて持ち出すと、そんな端金《はしたがね》で承知できるかと怒り出した。二人が帰ると、夕食を並べている膳の上の食物を総ざらいに引っくり返し、蠅帳の皿や醤油ビンを手当り次第嫩に投げつけた。

「犬め！」と、叫ぶ。

「犬なら、別れた方が良いでしょう？」

嫩は躍起となって言った。

夫は怒ると真赤になったり真青になるので、赤鬼と青鬼の仮面を被っているように見えた。兄や六本木の前では「この女と別れたいのはこっちなのだ」と、言いながら、二人が帰ると大荒れに荒れてみせる。夫が狡く卑怯な男に思えた。

夜っぴての言い争いが続き、とどのつまりは金のことになった。夫はいつものようにパチパチとソロバンをはじき出した。

「今日までにお前達を養ってやった額はこの通りだ」

月給五十円の時からかぞえ、ボーナスの一切を入れ、今日までに三十五万三千円を私達のために働いてくれたことになっていた。だがこの計算は合っていない。だいぶオーバーであるし、夫の分も含まれているのにと、対抗上嫩も細かいことを考えてしまった。

「三十五万三千円に、プラス利息と帝大へ入り損ねた賠償金を出せるか？　俺の一生を滅茶滅茶にした分を入れれば百万円なら手を打つぞ」と、難題をぶつけてきたのだった。三十五万三千円からいきなり百万円になるのはおかしいし、帝大へ入らなくても、英文科で定評あるA学院大を卒業させた分はどうなのか？　一度として夫は、ありがとうと言うとか、嬉しそうな顔を見せるとかしたことはなかった。しかし、考えようによっては金で解決のつくことなら、ありがたいことでもあった。千夏を渡さないと言われては困るが、子供のことは一度も言わなかった。たとえ百万円を要求されても、夫と別れられるなら高利貸から借金してでも、渡したいと考えるまでになっていた。

「世間の相場というものがありますのでね。わたしが銀行並みの利息で貸してあげるのを、気に入らなければこれっきり手を引きますよ」

数度めの喫茶店での顔合わせで、六本木は冷ややかに夫に言った。

夫が、背広の胸ポケットに刃物を隠して行くぞと威しているのを、六本木に知らせておいた。六本木は命がけだと言った。嫩もむろん命がけであった。

「世間の相場では、手切金というものは子供を引き取る方が貰えることになっているのですが、本人が言い出した手前、それに朋子が世話になった礼も含めて、本人から払わせるには無理な金額ですが、わたしが立て替えてお貸しするんですよ」と、六本木が重ねて言った。

嫩は僅かなへそくりと、農家との物々交換に使った残りの、取っておきの反物と、三善琢治の手による洋之介の詩集一冊を残した他は、大切な本も売り払って、夫が住むアパートを契約していた。夫が離婚届に印を押してくれさえすれば、すぐアパートへ行ってもらいたいと嫩は考えている。六本木の要求で、三善琢治にも頼み、連帯保証人になってもらったのである。

今日こそうまく行くようにと、嫩は祈る気持だった。

「どうもこういうことに他人が入るのは……。当人同士は別れたがらないのに、無理に別れさせているようなことでは、困るのでネ」と、動かない空気を破って夫の兄がまだそんな呑気なことを言っていた。

しかし、この話し合いはほぼ成功し、印は押さないが夫は十万で別れる意志のあることを少し見せた。別れた方が身のためと考えたのだろうか。嫩と別れ、もっと女らしい女房を見つけて出直した方が、本来の自分を取り戻せると、密かに考えるぐらいになってくれたのかもしれない。

5

「俺のことを、知っているのはお前一人なんだからナ」

掃除をしている嫩の前に立ち塞がった夫の、片方の一重の瞼が吊り上っていた。

「……」

「証明する証拠となるものはないのだ」と、帚を取り上げた。嫩は何のことか咄嗟には分らなかった。

「夫婦のことを証明するものは、何もないのだ。子供だって生れているし」

「……」

「俺が不能だなんていうことは、離婚の証明にはならないのだぞ」と、言った。不能という言葉に度肝を抜かれた嫩は、今度は自分の両瞼が乾いて瞬きができず、貼りついたようだった。

夫は居直っていた。自分の性の弱点を、自分から暴いて見せるなど、かつて一度もなかったことだけに、息詰まる瞬間だった。

嫩が別れたがる理由の根本は、夫に不満があるからだとは、見当違いなことだった。夫が不能ならいっそ不能に徹してくれた方がよかった。不能という医学的な言葉は、一体何を指すのか。夫婦の完全な行為に届かないことを指すとしても、それなら完全な行為とは何か？　と考える。好きでもない相手と完全な行為を営むことができるのかどうか？　嫌いな夫にしつこく行為を求められては、却って不幸が大きくなるばかりであろうと思った。

嫩は、怖かった。ここまで夫が自分自身を辱しめるのは、嵐の吹きまくる前兆だった。

「そんなこと知りません。問題にしていません」と、静かに言った。

「シャーラップ！　嘘つくな！　野良犬みたいな眼で俺を軽蔑し、男を欲しがっているくらい、俺が見抜けないと思うのか！」

「……」

「ようく聞け！」

夫の様相は凄まじかった。固いタブーだった性のことを表に打ち出すのは、よほどのことだ。嫩の手から取り上げた帚を逆さに持ち、床を力いっぱい敲いてみせた。

「夫婦は、精神だけで充分なのだ。犬猫みたいに下劣なことを欲しがるのは人間ではない証拠だ」

氷が張りつめるような切迫した沈黙が暫く続いた。

「欲しがってなんかいません」やっとのことで唇が開いて言えた嫩は、恐ろしさに震えが止まらない。

心を置き去りにされる不満で、親切にしてくれる「木馬館」の夫達に、ふと心の繋がりを見たような錯覚を覚えることが一度ならずあったほど、嫩が孤独だったことは確かだった。だがそれとこれとはちがう。

「シャープ！　パンスケみたいな眼をするな！　ヘレン・ケラーを見習えと、いつも言っているじゃないか。ヘレン・ケラーは三重苦だ。見えない、聞えない、話せない。そして一生結婚もしなかった。お前も同じ人間なのだぞ」

　無口な夫がたまに真面目な話をすると、説得力があった。共産主義などの理論的なことや文学論をいきり立って始めると、日頃の無愛想が嘘みたいに口がよく廻り、小難しい理屈を持ち出し、嫩は煙に巻かれてしまう。普段めったに開かない口が、いったん勢いがつくと、選挙演説みたいに喋りまくった挙句、人を信じさせる力がある。どこかおかしいと思いながらも、回転の早さに感心する。時には、文学者の名前と作品を取り違えたりしても、嫩は、自分の思い違いなのだと、自信を失うのだった。嫩の思考力は鈍り、娘時代の感受性も薄れ、頭の中は戦争中、重い暗幕を張ったように、透明にならない。しかし今は違った。夫の言葉がどこかですり変り、インチキ臭いのを見抜いた。嫩はヘレン・ケラーのように立派な女ではない、時には夫に言えない秘かな思いを味わうこともある。だが、パンスケとか犬畜生と言われるのは、ひどい屈辱であると思った。それに夫が、自分を不能と思っているのだとすれば、何故不能でなくなる努力をしてくれないのか。嫩が、気楽に手助けのできる状態に持っていってくれればよかったのだ。

「ヘレン・ケラーと私と、何の関係があるのですか！」

嫩の唇は、震えていた。

「女の端くれなのは同じさ。もっとも同じ女でも上下の差はひどいがネ。それにだ。一生結婚しない女もいると教えているのだ」

「私はあなたと精神的に結ばれたくて、結婚しました。でもそれが駄目なので、今日まで我慢してきたのよ」

これまでのひたすらの忍耐の言葉を吐いた。八年は、子供のためのみの我慢と忍耐の暮しなのだった。

「我慢だと！」と、言葉尻を捉えて夫は言った。

「我慢なら俺の方も言いたかったことだ。お前の頭の悪さと家事の下手さ」と、今度は帚でゴミをはき散らした。「そのうえ料理ときたらコロッケとカレーばかりだ。犬猫だって食わないぞ！」

さっきから千夏が起きて泣いている。朋子が〝やかましいヨ〟と、言っていた。こういう時は朋子が主導権を握ってしまうので逆に助かった。

「お前は、それでも女なのか！　冷血女だ」

「冷血は、あなたよ」

「お母サン、お父サン、けんかやめて！」

と、千夏が泣いている。朋子も、けんか聞きあきたよと、言う。

「あの六本木とかいう男に会うのは、もうごめんだぞ。あっちこっちに亭主の悪口言い歩いて、ご苦労にも夫の恥さらしをしてるらしい。もう親類にも顔向けができない。兄貴に二度と俺のことを話したら命は無いぞ！」夫の勢いは凄まじかった。

夫にとっても、嫩と暮した十年は何だったのかと、すまなく思うこともあった。女房には子供を産まぬ手術までされ、挙句に一人の子供は取られ、家庭を失おうとしている。嫩は心の中では自分の冷たさを反省していても、夫に先を越されると、意固地になった。

弱点を言われて反駁も出来ないが、頭の悪いこと、間が抜けていること等、世間的なことはたしかに落第であった。料理下手も図星だった。だが、夫を冷たいと思っても不能とは思っていない。それだけは夫の思いすごしだ。

「兄貴に大恥を晒され、俺はもう田舎にも帰れなくなった。お前の顔を見るのも嫌だ」

嫩は、このまま家を出て行ってしまいたかった。今更争ったところで水掛け論でしかないし、夫は自分の主張しか言わない。夫に住まわせるために借りたアパートへ、千夏と朋子の三人で行き、さっぱりしたかった。家など失ったところで何の未練もない。埒の明かない夫の傍から逃げるのは、今ではないか。冷血女になったのは夫の故《せい》ではないか。嫌悪と怒りがこみ上げてきていた。

泣いている千夏の寝巻を無理に脱がせ、普段着を着せた。二年生になっても新しい洋服は買ってやれなかった。嫌がるのを無理に着せようとした時、

「お母サンが悪い！」と、千夏は、言った。千夏はいつも母親が悪いと言う。嫩のいないところでは、良い父親ぶりを見せて可愛がっているので、懐《なつ》いている。遊ばせ方も嫩より上手だった。得意な英語も教えていた。子供の眼は正しいのだと、思いながら、「何故お父サンなんか好きなの？」と、ヒステリックに追及して泣かせ、後で可哀想なことしたと反省してもいたが、今夜は千夏の言うことも聞く気はなかった。どっちが悪いかの問題ではなく、ともかく夫の傍にいる我慢が耐えられなくなっていた。

「大人のこと分らないのに、黙っているのよ」と、ヒステリックにお尻を叩いて、挙句に泣かせた。朋子までお姉が悪いよと、言っている。嫩は、夫に不満が重なると千夏に当る悪い癖があった。

嫩は、理性を失い、荒んだ気持で激していた。

「この子はどうなるんだ。お前なんかには育てられないぞ」

「じゃ育ててくれるんですか！」

「そんなパンスケの眼付きのお前に子供が育てられてたまるか」

「喧嘩いやだ！　もうやめて！」

千夏はありたけの声を出して泣きながら、両親の喧嘩を止めようとした。子供の心に親の喧嘩はどんなに暗い影を落すか、百も承知していながら嫩は、喧嘩をやめることはできないのだった。千夏の担任の先生に、落ち着きがないと、呼び出され、家庭の環境を聞かれることが度重なっていた。成績も下った。授業中、両親の不和を案じてぼんやりしているらしかった。このままでは中学へ入れなくなるかも知れない。その上、思春期へ入った時が思いやられる。

嫩は、少し冷静になった。夫を憎む冷酷な気持を制し、逆に自分の方が加害者であるかも知れないと、初めて思った。嫩が夫を愛していないから、夫が暴力をふるうようになったのかも知れない。そして嫩が夫に自信を持たせないから、劣等感がひどくなり、果ては夜の行為も自信がなくなり、自分本位になるのではないか。その根本を手繰り寄せていくと、すべて嫩が悪くて、しかも夫の言う「あの男」つまり洋之介に繋がるのだろうか。嫩はもう何が何だか訳が分らなくなっていた。

夫と向き合うと、嫩は必要以上の憎しみを吐き出していた。髪の毛、手、足、靴下すべてに嫌悪感が走る。人間の心に神と悪魔が同棲しているとすれば、嫩は、夫に向かう時、悪魔になっていた。それも一日ごとに荒み果てた悪魔に成長していくのである。

「木馬館」にいた時のことだった。金融公庫に当選したその夜のことを、嫩は忘れられない出来事として記憶している。

いつものように夫とは、無言の喧嘩で、もう一週間も口を利かない生活だった。冷たい戦争が続いていて、夜は互いに黙し合い、背中を向けてこっそりと眠った。

突然、悲鳴みたいな甲高い女の声が隣りの部屋の境とのベニヤ板の壁から聞えてきた。嫩は身を固くした。以前、顔に痣のある女がいた時も、時折夜の甘い声や囁きが聞えていたが、奥さん達にひどくからかわれたのが元で、夜の夫婦の行為が無くなったと泣いて訴えていた。そのためかどうか、夫婦別れしてしまい、代りに仕立屋の中年夫婦が入って来て、間もなくの時だった。隣りの部屋の音は素通しだったが、馴れてしまったので気にも止めなくなっていた。

甲高い女の悲鳴が、聞きなれない言葉になって聞えた。男の荒い息づかいも聞え、嫩は思わず聞き耳を立てた。それは性行為の高まりの声であると直感した。本能的に感じたのである。

奥さん達の廊下の立ち話や、井戸端会議での話題はエスカレートし、ひどい時は夫の寸法まで知らせ合い、直径何センチだとか、ぐるりの寸法だとか念が入っていて、それに根元と先端の差まで寸法を出し合う。貧しく当てのない暮しに、そんな話題が唯一の明るい楽しみでおなかを抱えて笑いころげるのであった。恥も外聞もない女の会話の厚顔さに、嫩は恥ずかしくあきれてもいた。

或る時、嫩も摑まってしまい、

「アンタのダンナの計っておいでよ」と、富子に言われた。「良いのか悪いのか、教えなよ」と、しつこく言われているのを、逃げていたからだった。「いつも黙ってばかり、もう許さないからネ。アンタだって夫婦生活しているんだろ？　だって子供が生れたんだからさあ、一度もしないとは言わせないよ」と、手を取られ、詰めよられた。

嫩の場合は奥さん達の誰よりも回数が少ないし、ましてそんな激しい性とは正反対である。だがもし夫が、逆に激しく迫ってきたらと、考えると嫌悪で吐き気がした。嫌いな男に激しく抱かれるのは、女として屈辱であると思った。嫌でもしつこく抱かれれば、そのうち女の本能が目覚めて夫婦がうまく行くようになると言われているが、人によって個人差があるのだろう。

結婚した最初の頃は、食糧難時代と貧しさのため、栄養失調でいつも身体がだるく、性への関心も薄かったが、近頃は人並みの健康体になっていた。健康な身体であることを、恨めしく思い、いっそ本当の冷感症か不感症になってくれないかと祈ることもあった。それなのに夫に向かうと冷血な女になってしまうのだ。だがどんなに夫を憎く思い、喧嘩をしても、夫以外の男に愛されたいと思ったことはなかった。浮気などする気は毛頭ない。ただ最後の一縷の希みに、夫の胸に顔を埋ずめて眠る小さな女になりたかった。

再び隣りから短い言葉で鋭く、悲鳴が挙がった。

嫩は耳を疑った。「イク」というのが女の最高のたかまりの表現だということは、奥さん達の井戸端会議で分っていた。露骨に、夫に強いられたことを自慢し合い、微に入り細に亘り、テクニックや所要時間等の情報を交換し合っていた。

しかし、同じ言葉が二度も挙がったのは変だと思った。嫩は、黒い過去となった男とのことを思い出しても、自棄と言う二字のためだけで良いのか悪いのか感じるゆとりはなかった。ヤケッパチで身を投げ出している石のようだった。あまりに無知で、そのうえ罪悪感に駆られ、身は汚されても心は許さない、寒々としたものだった。

しかし、夫とは、女としての性の喜びを、奥さん達みたいに味わってみたかったのである。

突然嫩の顔に本が投げられた。夫は蒲団から頭半分だけ出していたのである。

「ばかやろう!」と、夫の怒鳴る声が挙がった。

さっきから夫は隣りの声と逆の方へ頭を向けてじっとしていた。

「ばかやろう! お前は、それでも人間か! 人間ならば聞き耳を立てるな!」二冊めの本が頭に飛んで来た。夫の本は洋書で表紙が固い。角が当って痛かった。

嫩は、生れて初めて男と女の性というものの実感をいま現実に生ま生ましく摑んだことに、興奮していた。身体の中心部が一人で歩いて動き出し、濡れてくる感覚だった。夫がいま、富子や三枝子達の亭主のように愛をこめて扱ってくれれば、悲鳴を上げた隣りの女の感覚に自分も繋がることが出来るのが、実感として摑めた。三冊めの本が飛んできた時、嫩は起き上った。ふらふらと起きてみた。起きてみると、身体の中心部が生きているのがよく分った。嫩は思い切って夫に縋った。本で頭を痛めつけられたことも許して、日頃の願望の、夫の胸に顔を埋ずめられる小さな女になりたかった。今日までの夫への不平不満のすべてを忘れ、いまは素直な女に戻れると、思った。ただ優しく抱いてもらえればそれだけでも良かったのだ。初めて自分から求めたのだった。

「その顔は何だ! 血走ったパンスケみたいな眼をしやがる」と、夫は嫩のもたれた身体をはね返した。

「……」

「盛りのついた犬畜生のすることに聞き耳を立てるな！　お前も同類なのか」

と、夫は受けつけてくれなかった。

嫩は、心と身体のバランスが崩れ、散乱した夫の本をわざと足で踏みつけた。自分が本当に夫の言う盛りのついた犬畜生であるのかと、自己嫌悪が走った。恥ずかしさと悲しさでゆえもなしに嗚咽にむせび、嫩は寝巻のまま廊下へ駆け出た。部屋に居たたまれなかったのだった。廊下に出れば、女の悲鳴を立ち聞きしている主婦の誰かに摑まり、涙を見られることも忘れていた。さいわいなことに、誰も居なかった。台所へ降り、茶碗の洗い残しがあったのを半ば無意識に洗いながら、改めて涙が流れた。何もしてくれなくても良い、ただ、夫がそっと身体を包んでくれれば、女の幸福が得られるのにと、冷たい夫への恨みが押し寄せた。

部屋に戻る前に厠に入った。用を済ませようとしたその瞬間だった。身体の中心部から、頭の頂上まで雷光が走り過ぎたように、何かが突き抜けた。快感なのである。驚いて塞ぎ止めようと、身体の中心部に手を当てると、今度は、更に大きな稲妻のようなものが走り抜けた。いつも掃除当番の奥さん達と棒で突いている不浄な場所で、何ということが起ったのか。

嫩は、恥ずかしかった。誰も居なくて良かったと、思った。足下には黒くて臭いパイプの穴が階下まで通っているのが暗い電気でも見えていた。昨日竹棒でパイプ当番をしたばかりだった。寝巻の裾を合わせると、まだ残る感覚があり、それが罪を犯した女のうしろめたさに満ちていた。しかし、罪の意識の中で身体はすっきりとしていた。頭の血が腹部に下ったようだった。苛々として千夏のお尻を敲いて当り散らすことがあったが、こんなすっきりとした感覚があったら、気持が穏やかになれるだろうと、嫩は新しい発見をした。しかし、それはあまりにも惨めであった。

仕事中、ミシンの廻っているベルトに手をのばして遊ぼうとする千夏を、「何度言ったら分るの！」と、小さな手首が折れそうなほどに打ち敲き、泣き叫ぶ千夏を戸棚の中へ押し込め、蒲団を上から重ね、泣き声が聞えないように封じることもある。力いっぱいに敲きながら夫への不平不満をぶつけている気持になり、そんな時、夫か千夏かの区別も定かでなくなるのだ。

夫は、後ろ向きでぐっすり眠っていた。軽い鼾《いびき》をかいている。さっきあんなに興奮していたのに静かになったのが不思議だったが、何も聞かれずに済むので、嫩は、ほっとした。

6

「食事が出来ました」と、嫩は言った。

夫は瞬きもしないで前方を見つめている。胡座を組み、小ぢんまりとした体型の夫に、嫩は冷淡な視線を送った。

今夜は夫の好きな熱いカレーである。肉に特別にやかましい夫に肉入りカレーを食べさせるのも最後であると、今日は特別に奢り、細切《こまぎ》れでなく上肉の柔らかいのを使った。料理が下手で、夫に悪いとは思っていても、安い材料で美味しく作るコツを学ぶことは不得手だった。結婚した当初はもっと貧しかったのに、畑で拾って煮た大根にも、愛を籠めて味を付けたものだった。初めは愛そうと努めたのが、ここまで嫌いになったのは、自分でも恐ろしくさえあった。

「お父サン、ごはんだよ」と、千夏が言った。

その瞬間である。嫩の足元へ熱いものがべっとりと貼りついた。

「あっ！　お母サン」と、千夏が嫩の方へ走り寄り、カレーのべったり付いた足元へ縋りついた。熱した鉄棒で足を焼かれるようであった。

カレーの鍋が転がり、黄土色の中身が流れ出している。朋子が恐ろしそうに眺めていた。さすがに姉を野次ることは控えている。

「みんな見るんだ。この阿呆面の女を！」

火傷の痛みが広がってくるのをこらえ、嫩は夫を睨み返していた。

嫩は、この場になっても夫への情を断ち切れない、お人好しのところの残る自分を、甲斐性のない女だと思った。いっそ残酷なら残酷に徹底すればよいのに、それができない。心の中ではあらん限りの残酷な眼で夫を見ているのに、夫の好物を作るなど、矛盾もいいところだ。

「俺は別れる約束した覚えは無いぞ！」と、台所の皿をカウンター越しに居間の方へ投げた。

「卑怯よ」

嫩は、憎悪の眼で睨んだ。さっきから雑巾を濡らして、嫩の足を拭ってくれていた千夏が

「薬はどこ?」と、言っている。嫩は手当はしなかった。夫に、仕打の結果を見せてやりたかったのだ。火傷で、足の肉がそげ落ちてしまってもかまわない、憎い夫を見返すのだと滅茶滅茶な気持の中に突っ立っていた。どうにでもなれと、奈落に落ちたのだ。

激痛に耐え、骨抜きになったようにだらりと突っ立っている嫩の傍に、夫は勢いよく近づき、左手で嫩の首を締め、いつ持ったのか、出刃包丁の刃先を押しつけた。刃の尖った先を咽頭に突きつけている。夫は蒼白な顔を引きつらせ、必死の様相だった。「けんかやめて!」と、千夏は今度は父親の足をつかんでいる。新派悲劇の役者か、ピエロが演ずる阿呆な夫婦を見ているような第三者の眼の余裕も、嫩にはあった。この野蛮で、悲劇の主人公にもならない夫に殺されるなら、殺されても構わない。

ここ迄つき合った自分に見る目がなかったのだと、思った。こんな男だとは知らず、真面目ということだけに将来を賭けたのは愚かだった。

「お前のその冷酷な顔を地上から消してやるから外へ出ろ!」

夫は、首を締める手を緩めないで言った。本当に殺す勇気もないのに、嚇《おど》しと強がりだけを言う夫だと、思いながら嫩はともかく、締められている首と火傷の足が苦しくてならなかった。

「いますぐ外へ出る。だから必ず殺すのよ!」と、嫩は激しい口調で言った。咳が出た。

夢中で裏の麦畑へ出ると、穂先の青く伸びた麦畑が遠くまで一面に広がっている。麦畑の一部を地主に譲ってもらって家を建てたので、野中の一軒家であった。

夏の蒸し暑い夜であった。夫と争って死ぬのも自分の運命だと思った。何でもよい、ともかく夫と離れたかった。傍にいられるのが、張られた蜘蛛の巣みたいにうっとうしく、いまいましい。嫩は、先に歩いて庭からそのまま続く麦畑の中へ入った。お金がなくて塀はまだ工事してなかった。実った麦畑は二人の腰から下を隠した。

「殺したいならこの麦畑の中で殺すといいでしょ。刈り入れまで死体も見つからないしネ」

嫩は、皮肉を含めて言ったつもりであったが、連日のように争うことに疲れて、頭が混乱していた。

夫が嫩を殺せば、けりはついても千夏が人殺しの父を持つことにもなるのだということも忘れ、刃物を突きつけられる恐怖に怯えながら、早く殺してくれないかと待った。夫の右腕の時計の秒針が、あと何秒の命だと言うように嫩の耳元でカチカチと鳴るのを聞いた。秒針の音まで夫の持ち物という嫌悪が走る。

月が真上に出ていた。夫の黒くて多い髪が白く光って禿げているみたいだった。多過ぎて顔にかぶさっているので、娘時代に見た芝居の唐獅子の鬘《かつら》みたいに見え、怖ろしかった。

その時だった。首を締めていた夫の左の手が緩んだ拍子に、嫩の下腹部に夫の手が触った。

手術の時、医者が麻酔の利いた頃合いを見て腹部を敲き、メスを入れる瞬間に似た感覚だった。夫は何を考えているのか？　と身を固くした。夜の麦畑の中とはいえ、月が真上から見ているのに、まさか服を脱がし裸にしてから殺すのではあるまい。

「今夜は俺の言うことを聞くんだ！」

「何をするの？」

「黙っていろ！」

夫は、嫩の腹部に力を入れていた左手を離すと、ごそごそと麦畑の長い葉を鳴らしながら、自分のズボンの前ボタンを外しにかかった。

「何するの！　二人が見ているのに」と、嫩は、夫を押し倒し立ち上った。日頃性に関することは固いタブーの夫がどうかしたのか。夫にこんなところで辱められるくらいなら、嫩は首を締めて殺された方がずっとましだと思った。

「俺は夫だ！　夫が何をしようと勝手だ！」

と、膝をつき、麦の根元に隠れ、顔だけ出して言った。「黒白つけてやるぞ！」と、ズボンをおろしている。膝をつくと頭ばかり大きな、おかしな奇形に見える。嫩は立って上から眺めていた。

「その顔は何だ！　俺を尊敬しない女だ。オットセイとでも眺めているのか！」

夫はよくオットセイじゃないぞ！　と、言ったが、言われた通り夫をオットセイぐらいにしかいまは見ていない自分なのだと嫩は思った。夫の前で可憐な小さな女になりたい願望を持っているのに、今は蕈を食べて大女になったアリスである。

「悪いけど、嫌いなのよ。傍へ寄らないで」

「なにを！　もう一度言ってみろ！」

「夫の言うことを聞かない女房は……法律でも男の方が勝つのだ」

「……」

「嫌いにさせたのは誰なの！」と、とどめを刺すように乾いた声で言った。

嫩は厠であの感覚を知った後、夫の要求の時に思い切って、夫の手で経験させてもらいたいと頼んだ。嫩なりの自尊心があったのを乗り越えて頼んだのは、一生に一度の大決心であった。もしそのことで夫婦が円満になれたらという期待があった。嫩が満足するのは、夫のコンプレックス解消のきっかけになると、思った。拒絶されることは分っていたが、万一という奇蹟を待ったのだ。案の定、見事に断わられた。夫は直接行為の他、接吻も抱擁も愛撫も一切病的に嫌った。

「なにを！」

と、夫はげんこつを振り上げた。嫩が身を躱《かわ》した瞬間、夫の半分脱いだままのズボンがずり落ち、小股の間から、夫のものが見えているのに気がついた。嫩は、初めて夫の隠しているものを見てしまった。うろたえ慌てた夫は、ズボンのずり落ちを直した。隠していた急所を見られたことで、夫の顔は固く硬った。

こうなっては、恥も見栄もない。言葉で勝つだけだと言わんばかりだった。蒼白な光った顔が迫って来た。落ち窪んだ眼窩が月の光を逆光に受けて、写真のネガの人間みたいに見えた。

いつかこんなことがあった。まだ千夏が幼い時だった。入浴中の夫のところへ少し遅れて千夏が裸で入って行くと、夫が自分のものをタワシで叩いているのが見えた。千夏がドアを開けた拍子に嫩は見てしまったのだ。

夫は風呂から出るや否や、石炭を床にばらまいて、気が狂ったみたいに荒れてみせ、ついでにストーブの中へ千夏のセルロイドの玩具や嫩の日記帳を一冊残らず放り込み燃やしてしまったのだ。嫩は、こっそりと、日記をつけていた。唯一の話し相手であるし、悩みや訴えを聞いて貰える相手でもあった。夫は、日記を読んでいたのだろうか。

嫩は、夫を押しのけて麦畑の中を走って帰った。ばかばかしい芝居の一場面を自ら演じてしまった後悔と、わざわざ、見なくともよいものまで見てしまったことが、白けに一層の拍車をかけたのだった。

自尊心とコンプレックスの相剋の中にいる夫は、始終自分自身のうちで苦しい格闘があるのだろう。格闘が消えてコンプレックスだけが負けの形で表に出てしまった時の、夫の惨めさは見るに忍びなかった。夫に殺されてもよいと思ううちが、まだ花だったかもしれない。今はもう殺されることさえ無意義と思えた。

7

「明日は静かに別れましょうネ」と、嫩は声だけは和らげて言った。繰返し二人で荒れていたところで前へは進まない。気を落ち着け、夜っぴて黙り込んでいる夫の機嫌をとった。負けて勝つのだと、思った。時計は午前零時半だった。

朝九時になれば、六本木と古賀の兄が来て、手続きに立ち会ってくれる。離婚用紙に印を押してもらい、六本木から借りる大金を渡す段取りにこぎつけることができたのである。引き換えに夫がこの家から出て行ってくれる約束だった。十一時には運送屋が来て、夫の荷物を運び出す手順になっている。

夫の兄や六本木には、夫婦別れの詳しい事情は話さなかった。「子供がいるのに我儘だ」と、初めの反対はあったが、万事察してくれたらしい様子で、強いて止めなかった。夫の最後の怒りは、嫩が兄と六本木に、自分の知られたくない弱味を知らせたのではないか、ということにあった。何も言ってないと言っても、納得しない。

黙りこくっていた夫が、突然「白状しろ」と、大声で叫ぶように言った。

「本当に何も言いません」

「嘘を言え！　俺の恥を他人に晒し、それでもお前は俺の女房なのか」

「だからもう女房ではないでしょ」と、嫩は静かに、しかも冷たく言った。激情の気力も湧かないほど醒め果てていた。

女は一度醒めると、どん底までも醒めてしまうものだった。自分ながら可愛げのない女と思った。

「答えないなら本当に殺すぞ！」

「だから毎夜、殺して下さいと頼んでいるじゃないの」嫩は殺す勇気も無い夫を、今では軽蔑を表に出して言った。ついでにもう一言「でも殺すなら千夏のいる前で殺すといいわ」と、余計なことをつけ足した。あらん限り大きく、眼をむき出しに開いて夫を軽蔑した。疲労の果て、押さえが利かなくなっていた。

「何だと！」

「あの子に父親の女房殺しを目撃させてやるわ」

ここへきてわざわざ夫を刺激しなくてもよいのに、抑制が利かなくなった。

「ようし！　俺が連れて来るぞ！」

夫は、後ろ手に捻《ねじ》っていた嫩の手首を手拭で結んだ。言いすぎたと思っても、遅かった。

「俺の子供だ。探してくるぞ。子供まで内緒に隠しやがって！」

夫の激情は、とめどもなく進んだ。千夏と朋子は、夏休みをよいことに「木馬館」の富子に頼み、しばらく預かってもらうことにしていた。

「ごめんなさい。子供の巻き添えだけは、やめて下さい」と、あわてて嫩は心底から頼んだ。自分でけしかけて、わざと夫に火をつけた後悔が、全身を駆け巡った。

「他人に迷惑がかかるし……」と、嫩は夫の気持をはぐらかすのに、懸命だった。筋向うに家があるので麦畑の夜の顚末も見ていた人がいたらしく、朋子を摑まえて聞き出そうとする人がいて、朋子から眼が放せなかった。

「俺は父親だ。探す権利があるのだ。それとも無いと言うのか！」

「……」

「お前は何でも隠す女だが、千夏まで隠すのか！」夫は気が狂ったようになっていた。

千夏は、夜、夫婦喧嘩が始まると朋子を誘い、真暗な物置の中に素早く避難するのに馴れていた。行動の鈍い朋子はのろのろと従いて行く。一騒動すんだあと、嫩が合図すると、石炭や炭俵の汚れで、顔や手足を汚して出て来るのは、滑稽でもあり、哀れでもあった。

「どこにいるのか答えないと、近所の家を片端から敲いて窓を毀してしまうぞ。それともこの家を焼いて人間もろとも焼き殺そうか」

夫は裏庭へ飛び出した。

「お願いです。ごめんなさい。私が悪かったわ」と、謝った。今更謝るのも筋が立たないと思っても、ともかくも今は夫の気持を鎮めなくてはならない。だが夫は嫩の必死の声を打ち消すほど、庭に出て家の雨戸や窓ガラスを敲いた。割れそうな凄い音が庭に響いた。

息苦しく長い夜が去り、朝になった。夜明けがこんなにありがたく思えたのは初めてだった。雨戸の隙間から太陽の光が一筋差し込んだ時、闇の世界から救いの神が現われたように、思った。嫩は神を信じているのでもないのに、そんな思いが走った。今日こそ夫と別れられる朝だ。

夫は、昨夜荒れ狂った後少しは眠ったのか。居間との境は狭い廊下があり、仕切りのドアがある。深夜、嫩と、千夏の寝る居間兼食堂に夫が入って来るのを恐れ、寝る前に嫩は鍵をかけることにした。夫は設計の時そこだけ鍵のかかるドアにしたが、いま鍵が役立ったのだ。鍵のカチリという音が夫の怒りを助長させるので音を消すためドアを持ち上げ、そっと差し込む技術も嫩の身についた。

夫の寝る六畳の部屋から変な声がするので、嫩は聞き耳を立てた。

「うー、うー」

と、おかしな声だ。嫩はそっと、襖の隙間から窺った。

「うーん、うーん」と、次第に声が大きくなった。夫は、たまに風邪をひくだけで身体は丈夫である。急に病気になる筈もない。

「俺がそんなに嫌いなのか！」たしかに夫はそう言った。嫩は今度は少し開けて覗いてみた。

「なぜ嫌いなんだ。お前と別れるなんて厭だ」

夫は、小さな身体を大の字にしてふて寝していた。急に弱気になったのなど、解せない。

「悪かったよ。俺が悪かったよ」

夫の声は、泣いているようでもある。嫩は襖を開けて入った。恐がることはないと、思った。

「今日までのことは水に流してくれ。俺一人では生きられないよ」

嫩は、夫の口から吐かれた思いもかけない言葉を、嘘ではないかと滑稽感をもって見ていた。毎夜不眠不休で戦った疲れで、夫はどうかしたのか。嫩も寝不足で全身虚脱状態となり、神経だけが鋭く尖っていた。

夫は、バタン、バタンと、頭と足を交互に畳に打ちつけ始め「ゆるしてくれよ」と、言ってるように聞えた。どんなに嫩が待ち望んだ一言であったろう。それにしても、あまりにも遅すぎた。今更許すも許さないもなかった。精も根も、努力の一切のエネルギーが尽き果ててしまったただけなのだ。夫が、身体でぶつかって弱味を見せるほどに嫩は醒め、一分でも早く決着をつけたい気持が湧く。

夫の投げ出した手足の上の時計を見ると、六本木たちの到着まであとかっきり一時間だった。「何でもお前の言うとおりに聞くよ。別れるのは嫌だ」夫は泣いているらしかった。夫が威嚇や喧嘩口調でない、しみじみした言葉を言ったのは、初めてではなかったか。嫩も反省の念が湧いた。

空襲のあった大雨の日、希望を抱いて結婚した二人だったのに、こんな哀れな結末の日が来るとは予想もしないことだった。一度歯車が狂い始めると、どこまでも狂ってしまうものだ。

人間は身体の病気と同じに、夫婦の間も開腹手術しメスを入れ、障害を取り除くことが必要なのだ。この嫩の人生哲学みたいな考えが決まったのも手術の翌日だった。柩に片足を突込んだような苦しい意識の中で、夫と別れるより道のなくなっている夫婦であることを客観的に見られた。離婚という考えに一日早く達していれば手術はしないでも済んだのにと、悔いた。ここへきて今更、愁嘆場を見せられたところで、嫩の結論を、曲げることは出来ない。

結婚して足掛け十年、無言を通すか二言めには「シャーラップ」と侮辱されただけの暮しだった。洋之介からも受けなかった暴力責めでもあった。

夫が人間らしくなるのは、千夏を相手にたまに遊ぶ時くらいだった。会社では真面目な男として信用の厚い夫が、家に帰ると常軌を逸するのは二重人格めいたところがあるのか。それとも嫩がそうさせてしまったのか。

約束の時間通り、夫の兄と六本木が一緒に来た。声が聞えると夫は立ち上った。嫩が玄関に迎えに出ると、「この女奴!」と、急に元の夫に戻った。嫩の哀れみと反省がいつもの嫌悪に変った。しかしここまでくれば何をされようと、こっちの勝ちだ。

夫は、今日が最後と、二人と交わした約束を守り、渋々と離婚届用紙に古賀和夫と署名し、捺印の欄に実印に朱肉をつけて、はっきりと押した。もう何度も押すと言っては、押さなかったのである。器用な夫は、実印を手作りで彫って持っていた。六本木が、紫の縮緬の袱紗に入れてきた手切金を「では」と、ものものしく渡すと、暗い顔で夫は受け取った。男一人なら一年くらいは遊んで食べられる額である。多分貯金するか、土地でも買うだろうと六本木は言った。夫は、開けてたしかめるように言われても、袱紗はそのままにしていた。領収書に印を押させられても、遂に袱紗は開けなかった。

用件が済み、お茶も飲まずに六本木達が帰った入れ替りに、予定どおり引越し車が来た。六本木達に最後までつき合ってもらいたかったのに、まるで逃げるように帰ってしまった。夫と兄は、兄弟でも話題はいつも何も無かった。

夫は、引越し車の荷台に最後に積み込んだ机を敲き、再び憤りをぶちまけていた。「金で解決した、卑劣な女だ」とわめく。嫩は夫の洋書を入れたダンボールの上に腰を下ろしていた。喧嘩で明け暮れる暗い暮しの中で、千夏は二年生になっていた。夫婦喧嘩の犠牲となったのは、誰よりも千夏なのである。神経を張りつめ、びくびくと両親の顔を見比べる落ち着きのない子供になっていた。悪い夢を見るのか、夜中に怯えて泣き叫ぶことがあり、嫩が起してやると、「お母サンが悪い！」と、げんこでぶちながら泣くことも度々ある。

夫は、「お前の家なんか敲き毀してやりに来るからナ。俺は人間の一人や二人くらい殺しても平気なんだからナ」と、叫び、険悪な顔を向けていた。不思議に千夏のことを聞かなかった。夫が長保ちする家を設計したのに、一年余りで崩壊したことが、皮肉だった。

相変らず家にこだわっているらしいが、抵当に入っているので、借金を返すまでは、書類上六本木の家と土地である。万一借金を返せなくて家を失っても、別れられたことだけで嫩は満足する決心であった。二人は荷台のダンボールに並んで腰をおろし、走り出した車の進行方向に向いていたので、夫婦の争いがバックミラーに映っている。畑仕事の人や道を歩く近所の人が振り返り、立ち止まりして眺め、怪訝な顔をしている。荷台の上は囲いもなく外からよく見える。引越しにしては荷が少なすぎるし、夫婦喧嘩しながらではおかしいと、思うのだろう。破れかぶれの夫は外聞を忘れ、人前も恥じないで怒鳴り散らしている。

「その顔は何だ！　一人になって浮気ができると喜んでいる顔だ。俺は見張っているのだからナ」

真夏の太陽は、覆うものもない二人の頭上に烈しく照りつけ、汗が全身に流れる。

「ゆっくり行け！　もう二人だけだ。薄っぺらな離婚届なんかは破けば破けるぞ。破いて千切ってお前のその生き生きしている顔に、ぶつけてやろうか」

と、夫は立ち上っては叫び、ダンボールを敲きつけたり、げんこを振り上げたりを繰り返した。あと何時間の辛抱だろう。明日からの新しい出発があると嫩は思い、解放感の中で湧き上る喜びがあった。夫の監視から離れて自由の身になれることが、これほど嬉しいとは思い及ばなかった。夫は、ダンボールを敲いていた手を止め、途中で車を降りて休むと言った。まだ家から一里も走ってはいなかった。進退窮していると、

「止めてくれ！　俺は戻るよ。お前一人で行け！」と、夫が大声を上げた。折角ここまで来たのに逆戻りは出来ない。運送屋の男の、バックミラーから覗いた顔が怒っていた。運送屋の男

は初めから不機嫌だった。急ブレーキで車が止まると、車に弱い嫩は気分が悪くなった。急に吐き気がする。胸をかかえ蹲まっていると、ふと紫色の可憐な含羞草《おじぎそう》の花の咲いているのが眼に入った。線香花火のような儚《はかな》さで、人や車が踏んでしまいそうな小さな弱い草花であった。

こんな荒んでいる気分の時に、いじらしい小さな草花が眼についたのは、不思議だった。千夏を遊ばせたり、ミシンの仕事をもらいに行く時に通る、私鉄の線路沿いの狭い小道だった。何度この道を悩みながら歩き、夫とのチグハグな暮しに苦しい吐息をついたか分らなかった。含羞草を見たので、嫩は気分が和らいだ。

向うから進駐軍の兵士が二人並んで来た。カーキ色の制服に尖った帽子が良く似合い、足が長く、密着した細いズボンにきゅっと持ち上った肉の厚い小さいお尻が、小憎いほどに美しい。夫の監視を忘れ、嫩は吸い込まれるように見た。

近くの駅に駐屯地があり、夫は嫌っていたが、嫩は無視できない眼で見る時が多かった。どの兵士も、のびのびと上背高く、勝利国の誇りと明るい自信に満ちていた。その自信のある態度に、夫には遂に覚えなかった「男」を感じ、こんな感覚こそ小さな女になれる感じなのだと思うのだった。

嫩は「女」になりたかった。それも「小さな女」になりたかった。夫に向かうと、とてつもない大女になってしまう自分が嫌で、惨めであった。

いつも苛々と荒んでいた嫩は、小さな草花に眼を向けたことは一度もなかった。身も心も乾き、疲れていたのだ。

「早く行け！」と、夫のいつものヒステリックな声が挙がり、嫩は再び元の現実に戻った。急いで車に這い上った。夫も乗った。再び夫は本の入ったダンボールの上に腰を下ろすと、「いいか。俺はお前を一生恨み通してやるからな！」と、言った。夫が下車すると言った目的は結局分らなかった。「お前の卑劣なやり口には、俺は黙って引き下がらないからな……」「こんな金、ドブへ捨ててしまうぞ」と手切金の入ったズボンを敲いてみせた。臀部がゆるんで形の悪いズボンの後ろポケットに無造作に突っ込んでいた。進駐軍を見た後の、夫のお尻は野暮ったく、殊更貧弱だった。

8

国電から私鉄で十分のT駅に近い目的のアパートに着いた。夫の会社に近いところを嫩の足で捜し歩いて見つけたものである。六本木が手助けをしてくれると約束してくれた後、当てもなくT駅に降りて周旋屋に相談したが、なかなか見つからず手頃な家賃や間取りを考えると、ここしかなかった。

夫の勤め先に近いし、嫩の家からは距離があり、夫を送り込むには適当であった。近ければ夫に来られる心配があるので、家までは乗り換えが二度もある所を捜した。夫も男であれば、自力で立ち直ってくれるだろう。夫の言う〝金で片付けた卑劣な方法〟で、夫を追い出したのは、六本木の勧告があったにしても、嫩の選んだ唯一の智恵だった。世の中のこと、数理計算のすべてが苦手だった嫩も、ぎりぎりの線で千夏と朋子を抱え自分を守る方法を摑んだのである。

二階の角の静かな部屋は、四畳半に便所や水道、ガスもあるので「木馬館」よりは、はるかに便利に出来ている。窓を開けると風が通った。

「こんなところに、よくも夫を追い出したな！」と、夫は出窓を足げにした。嫩は一昨日も夫の隙を見て今日の用意に来たので、出窓に小さな花を差しておいた。少しでも夫の気持が和ぐのを願ってのことだった。本当は夫のためになど、箸一本も揃えたくはなかったのに、夫を無事にここへ落ち着かせるための親切ごかしにすぎなかった。運送屋の男が不機嫌な顔で、「荷物をどうするんですか！」と、言った。車の上で、夫が喚いた挙句、途中下車したりして手間取らせたので、運送屋は仏頂面だった。汗で汚れた、よれよれのシャツが、筋肉の盛り上った肩にべったり貼りついている。力仕事をする人特有の締まった筋肉だった。今までは気にも止めなかった無関係な男にも、夫に感じられない男の体臭を感じるのは、早くも一人になれたという解放感があるためなのか。

「こんな暑い部屋に閉じ込めるつもりか！」

と、夫は、いつものげんこつを振り上げる寸前の、白い歯を見せる膠の顔になっている。

「あなたは男なのだし、一人でやり直して下さい」と、運送屋のいない隙に嫩は言った。
「よくもそんな白々しく冷酷なことが言えたもんだ」と、夫は返したが声にはもう力がなかった。

机と椅子、本棚と本、結婚祝いの卓袱台、柳行李二つとラジオと蒲団が夫の全財産だった。嫩は夫のものは、直接身につけない家具等の、臭いや体温のない物体でも、嫌悪した。早く視界から消したかった。

運送屋の男が運んでくれる手早い手つきを、嫩はありがたく見つめた。手伝いたかったが、夫の怒りを助長させるのでやめた。

さっきから生ぬるい風に乗って、隣りの部屋のラジオのニュースが聞えていたが、「……あてもない夜のさすらいに　人は見返るわが身は細る……」と、「星の流れに」が流れた。「木馬館」の井戸端でおしめを洗いながら女達が唄った歌である。

嫩は「こんな女に誰がした」と、自身に重ねて唄うのが好きだった。頽廃とやけっぱちの哀れさが、気持にぴったりなのだった。しかし、こんな時に聞くのは、やり切れなかった。別れた後の当は何もないのである。

仕事が終ったので礼を言い、料金を少し余分に払うと、運送屋の男が小声で、「奥さん。むごいことするね」と、眼にもの言わせた。手古摺っていたのは嫩なのに、思わぬ批判の眼を向けられ、嫩は今度は自分が引きつった顔で、深々と頭を下げた。夫の癖がうつったのか、自分でも見たくない固い顔が窓ガラスに映っている。嫩は嫌な思いで雑巾掛けを始め、それでも一人になった夫が困らないようにと働いた。野菜や肉類の缶詰も家から持って来たのを、気休めに、出窓の隅に置いてみると、あとは何もすることがなかった。運送屋の男に指摘された言葉が胸に刺さっていた。気まずいので出窓に座って夫のラジオをつけたかったが、コンセントが届かなかった。

「洗濯たまった頃来るわ」と、嫩は言った。

これも気休めだ。二度と来ないつもりだが、まだ女房としての責任みたいなものが抜けきれていない。考えてみると今までの嫩は、夫を嫌悪して怖れるか、哀れむかの両極端だった。もっと大人になれば良かったのだと、この時思った。

「待っているよ」と、夫は妙に静かになっていた。おかしいほどだった。千夏を取ってしまった後、夫に残るものは手切金だけかと思うと、「むごい」と言われたことが改めて身に沁みた。

帰るのに頃合なので「じゃ」と、さりげなく言って、嫩はアパートの外に出た。一人になれたと思うと外界が明るく広く感じられた。すぐ後から夫が従いて来る気配なのを気がつかないふりをし、駅までの数分を、足を早めた。

夫は、何も言わず、私鉄の電車のホームまで従いて来た。すぐ背後にいる。待つ間もなく、電車がホームに入って来るアナウンスが聞えた。嫩は焦っていた。まだまだ気を許してはならなかった。

電車が止って二人の立っている前のドアが開いた。嫩は夫の気持を刺激しないように、目の前に大きく開いたドアから静かに乗り込んだ。ドアが閉まればもうこっちのものだ。

窓際に立ってホームの夫と眼を合わせた。不思議に夫は落着いていた。夫が静かになると、別れの実感が重く身に沁みて感じられるのだった。

車掌が笛を鳴らした。呼笛が万歳と言うように聞えた。

「十年経ったら一緒になろう。千夏のためにね」

夫の眼は、断ち切られる糸をたぐり寄せるように弱く光った。まだそんなことを言っているのか、ばかばかしいと、嫩は首を横に向けた。ドアが閉まった。嫩は安堵の吐息をついた。父親が必要なのは今なのに、十年の後一緒になってどうするつもりなのかと、苦笑しながら、ガラス越しに頷き、精一杯の愛想笑いを見せた。夫に向けて嫩が笑顔を見せたのは、これが初めてかもしれない。電車が徐々にスピードを上げ、ホームに立っている夫の姿が遠のいた。急に嫩の腹部から石が飛び出したみたいな、身の軽さを覚えた。

夫はちょっと走り出しかけたが、すぐやめて立止った。夫が走るのをやめて止った瞬間、頭だけ大きな、真上から撮った子供の写真みたいな恰好になった。そしてあとはもう遠くの人となった。

P+D BOOKS ラインアップ

なぎの葉考・しあわせ	野口冨士男	●一会の女性たちとの再訪の旅に出かけた筆者
金環蝕（上）	石川達三	●野望と欲に取り憑かれた人々を描いた問題作
金環蝕（下）	石川達三	●電力会社総裁交代により汚職構図が完成する
孤絶	芹沢光治良	●結核を患った主人公は生の熱情を文学に託す
サムライの末裔	芹沢光治良	●被爆者の人生を辿り仏訳もされた〝魂の告発〟
貝がらと海の音	庄野潤三	●金婚式間近の老夫婦の穏やかな日々を描く

P+D BOOKS ラインアップ

東京セブンローズ(上) 井上ひさし ● 戦時下の市井の人々の暮らしを日記風に綴る

東京セブンローズ(下) 井上ひさし ● 占領軍による日本語ローマ字化計画があった

天上の花・蕁麻の家 萩原葉子 ● 萩原朔太郎の娘が描く鮮烈なる代表作2篇

閉ざされた庭 萩原葉子 ● 自伝的長編で描かれる破局へ向かう結婚生活

奇妙な青春 堀田善衞 ● 敗戦と米軍の占領下で変貌する日本人を描く

海軍 獅子文六 ● 「軍神」をモデルに描いた海軍青春群像劇

P+D BOOKS ラインアップ

達磨町七番地　獅子文六　●軽妙洒脱でユーモア溢れる初期5短編収録

陸軍（上）　火野葦平　●七十年にわたる陸軍と一家三代の因縁を描く

陸軍（下）　火野葦平　●前線へ赴く兄弟たちの運命はいかに……

オールドボーイ　色川武大　●〝最後の小説〟「オールドボーイ」含む短編集

三つの嶺　新田次郎　●三人の男女を通して登山と愛との関係を描く

伸予　高橋揆一郎　●未亡人と元教え子との30年振りの恋を描く

（お断り）

本書は1984年に新潮社より発刊された単行本『閉ざされた庭』を底本としております。あきらかに間違いと思われるものについては訂正いたしましたが、基本的には底本にしたがっております。また、一部の固有名詞や難読漢字には編集部で振り仮名を振っています。

本文中には未亡人、智恵遅れ、精神薄弱児、子捨て園、知能の低い、知能指数の低い、看護婦、妾、アメ公、アメチャン、非国民、パンパン、せむし、ホア、娼婦、薄弱児、精神病、女々しい、父無し児、百姓、農夫、不能、パンスケ、犬畜生、奇形などの言葉や人種・身分・職業・身体等に関する表現で、現在からみれば、不当、不適切と思われる箇所がありますが、著者に差別的意図のないこと、時代背景と作品価値とを鑑み、著者が故人でもあるため、原文のままにしております。

差別や侮蔑の助長、温存を意図するものでないことをご理解ください。

萩原葉子（はぎわら ようこ）
1920年（大正９年）９月４日—2005年（平成17年）７月１日、享年84。東京都出身。1959年『父・萩原朔太郎』（第８回日本エッセイスト・クラブ賞受賞）でデビュー。代表作に『蕁麻の家』『閉ざされた庭』など。

P+D BOOKS とは

P+D BOOKS（ピー プラス ディー ブックス）とは
P+Dとはペーパーバックとデジタルの略称です。
後世に受け継がれるべき名作でありながら、現在入手困難となっている作品を、
B6判ペーパーバック書籍と電子書籍を、同時かつ同価格で発売･発信する、
小学館のまったく新しいスタイルのブックレーベルです。

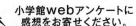

閉ざされた庭

2021年9月15日　初版第1刷発行

著者　萩原葉子
発行人　飯田昌宏
発行所　株式会社　小学館
〒101-8001
東京都千代田区一ツ橋2-3-1
電話　編集　03-3230-9355
販売　03-5281-3555
印刷所　大日本印刷株式会社
製本所　大日本印刷株式会社
装丁　おおうちおさむ（ナノナノグラフィックス）

ISBN978-4-09-352424-7

P+D BOOKS